Christopher Baethge

Zweiter werden

Von Niederlagen und ihren Gründen

»We Are the Champions«, Freddy Mercurys Internationale der Sieger, erschien im Oktober 1977. Der *New Musical Express* schrieb damals in seiner Kritik ahnungsvoll: »Klingt, als sei es den Fußballfans im ganzen Land gewidmet, damit sie auf den Tribünen was zu grölen haben. Dafür gar keine schlechte Idee.« Sofort erklomm »We Are the Champions« die Charts in den USA, verblieb für 27 Wochen an der Spitze und wurde mit über zwei Millionen verkaufter Singles zum bis dahin größten Erfolg der Plattenfirma Elektra. Seitdem hat sich der Song nicht nur in den Stadien festgesetzt, sondern auch Triumphe auf anderen Feldern untermalt: Während die Soldaten im Verlauf des ersten Golfkrieges noch Queens thematisch verwandtes »Another One Bites the Dust« am häufigsten von den Armeesendern gewünscht hatten, war nach dem siegreichen Ende der Operation Desert Storm »We Are the Champions« der Favorit bei den Truppen.

Obwohl keinesfalls als Antwort auf »We Are the Champions« geschrieben, bildet das Lied »Loser« so etwas wie dessen Gegenentwurf. Beck Hansen, ehemaliges Mitglied der Gruppe Loser, singt davon, nicht rappen zu können, ein Verlierer, ein Außenseiter zu sein und daher auch kein Lebensrecht zu besitzen: »I'm a loser baby, so why don't you kill me?« Die Single, die 1993 herauskam, war die erste Platte eines amerikanischen Independent-Labels, die in die Top Ten vordringen konnte und hatte eine solche subkulturelle Abstrahlung, daß Budweiser um die Erlaubnis bat, einen Werbespot mit dem Lied drehen zu dürfen. Beck lehnte ab.

Als »Loser« auch bei uns zum Hit wurde, hatte sich das Titelwort schon länger in der Alltagssprache etabliert, obwohl der Fremdwörter-Duden den Begriff erst in seiner sechsten Auflage von 1997 ausweist. Ich meine, Loser erstmals Ende der achtziger Jahre gehört zu haben, als es ein befreundeter Maschinenbaustudent mit einer gewissen schonungslosen Verachtung auf sich selbst anwandte. Loser geht als Bezeichnung über Verlierer insoweit hinaus, als man in scheinbar sachlichem, doch zugleich vorwurfsvollem Klang auch auf Persönlichkeitseigenschaften anspielt, die zu einer Niederlage beitragen. Insofern ist ein Loser ein Verlierer*typ*, keineswegs ohne Schuld am eigenen Scheitern, das bei Losern eher ein Versagen ist. Sympathie klingt bei Loser nicht an, eher handelt es sich um eine gewisse Mitleidlosigkeit, die das Wort transportiert – im Vergleich zu Verlierer ist Loser das härtere Wort.

Kommt es einem nur so vor in der gefühlten Kälte der Globalisierung oder zeigt sich am Aufstieg von »We Are the Champions« und an der Eingemeindung von Loser ins Deutsche auch ein neues Verhältnis der Gegenwart zu Gewinnern und Geschlagenen? »Die Sportarenen der Welt«, schreibt der Sportsoziologe Heinz Perleberg, »sind heute vielleicht die zuverlässigsten

Linsen, in denen sich alles bricht: Hoffnungen und Sehnsüchte der Zeitgenossen, aber auch ihre Leidenschaften, Neurosen und Hysterien, ihre Räusche und ihre Ansprüche.« Und durch diese Linsen besehen scheint es, als würden Siege immer noch wichtiger werden. Dies allerdings nicht erst seit gestern. Schon zu Beginn des 20. Jahrhunderts überflügelten die aus Großbritannien kommenden Wettbewerbssportarten wie etwa Fußball das in Deutschland traditionelle Turnen, dessen Ziel immer eher die körperliche Ertüchtigung als die Konkurrenz war – wiewohl auch im Rahmen der Indienstnahme des Turnens für die Zwecke militärischer Stärke. Schon am altertümlichen Klang seines Namens spürt man, daß Sportlern heute der »Turnvater« Jahn genauso überkommen scheint wie Adam Riese den Benutzern von Statistikprogrammen.

Auch bei den Olympischen Spielen macht das Motto »Höher, schneller, weiter« zunehmend einem »Besser, besser, besser« Platz. Obwohl Goldmedaillen schon immer Strahlkraft besaßen, hat die Zulassung von Profis zu den Wettkämpfen in den achtziger Jahren den Charakter der Spiele noch weiter in Richtung Kompetition verschoben, und nicht einmal die betulichsten Sportfunktionäre glauben noch, »Dabeisein« sei »alles«. Man führe sich nur die wachsende Bedeutung des Medaillenspiegels vor Augen. Umgekehrt weisen schon die schiere Größenzunahme der olympischen Bewegung und die steigende Bedeutung des Spitzensports in der Öffentlichkeit während der vergangenen drei Jahrzehnte darauf hin, daß der Wettbewerb immer wichtiger wird. Wo Siegen, Bezwingen, Durchsetzen immer mehr in den Vordergrund rücken, die Sieger immer attraktiver werden, verliert die Niederlage an Bedeutung, wird zur Quantité négligeable der Sportseiten.

Dabei ist Scheitern durchaus von Interesse, keineswegs nur im Sport. Und weil sich zwar viele Siege ähneln, große Verlierer aber auf jeweils eigene Weise unterliegen, handelt dieser Text vom Scheitern und von seinen Gründen – nicht von Niederlagen, die auf offenkundigen Unterschieden beruhen, etwa das 0:7 des SC Freiburg gegen Bayern München in dieser Saison oder, im vergangenen November, John Kerrys Wahlniederlage, sondern von jenen Niederlagen, denen man anmerkt, daß die Verlierer mindestens genauso an sich scheitern wie an ihren Gegnern. Gibt es also eine Disposition zum Verlieren?

Angesichts der Unsterblichkeit

Samstag, 3. Juli 1993, Centre Court. Steffi Graf und die fragil wirkende Jana Novotna stehen sich im hundertsten Endspiel von Wimbledon gegenüber. Graf kann den ersten Satz noch im Tie-Break (8:6) gewinnen, der zweite Durchgang geht aber unmißverständlich an die Tschechin: 6:1. Elegant spielt Novotna die vierfache Wimbledonsiegerin Graf im Entscheidungssatz an die Wand und gibt den Zuschauern alle Veranlassung, in ihr die legitime Thronfolgerin zu sehen, als sie sich beim Stand von 4:1 und 40:30 auf ihren Aufschlag vorbereitet. In diesem Moment, verriet Steffi Graf später, hatte sie das Spiel bereits verloren geglaubt und angesichts ihrer perfekt spielenden Gegnerin gehofft, »daß es regnen würde«.

Vielleicht dachte Jana Novotna vor dem Aufschlag daran, daß sie bei diesem Turnier bereits das Doppelfinale in drei dramatischen Sätzen verloren hatte und daß sie zwei Jahre zuvor, ebenfalls im Doppelfinale, ausgerechnet bei eigenem Matchball einen Doppelfehler fabriziert und damit ihre Niederlage eingeleitet hatte. »Ebenso begabt wie flatterhaft, so spielstark wie nervenschwach«, beschrieb sie die *FAZ*. Auch ihre Tie-Break-Bilanz ist die einer Nervösen: Anfang der neunziger Jahre hatte Jana Novotna von 83 Entscheidungsspielen 42 gewonnen – ein nur scheinbar ausgeglichener Wert, führt man sich die Vielzahl schlechterer Kontrahentinnen vor Augen, gegen die sie ihre Tie-Breaks auszutragen hatte. Entsprechend hatte auch keine der anderen Weltklassespielerinnen eine so ungünstige Statistik.

Jana Novotna wirft den Ball in die Luft und – setzt den ersten Aufschlag ins Netz. Auch den bis dahin so sicheren zweiten Aufschlag schlägt sie unter den Augen der gesamten Tenniswelt weit ins Aus. Eine kleine Schwäche nur, ein augenblickliches Zittern vor dem großen Triumph? Nein, es ist das Signal zum Untergang: Jana Novotna patzt in einer Art, für die sie unter normalen Bedingungen einfach mehrere Klassen zu gut spielt. Nicht weniger als drei Doppelfehler unterlaufen ihr im nächsten Aufschlagspiel. Die beiden Break-Chancen, die ihr Steffi Graf noch zubilligt, vergibt sie und verliert so den Satz und damit ihre große Chance, als hundertste Wimbledon-Siegerin in die Sportgeschichte einzugehen.

Sie habe, so meinte der deutsche Damen-Bundestrainer Klaus Hofsäß, an die Unsterblichkeit gedacht, »und dann bekam sie einen Holzarm«. Der *Independent* schrieb, es sei eines der »dramatischsten und emotionalsten Ereignisse in der Geschichte des Damenturniers« gewesen. Jana Novotna selbst, die »ewige Verliererin«, versucht noch, Haltung zu bewahren und eine gelassene Zweite zu sein; ein Versuch, der aufs begreiflichste scheitert, als sie bei der Siegerehrung der Herzogin von Kent an die Schulter sinkt und in Tränen ausbricht.

Das innere Spiel

Wie kommt es, daß hochbegabte Sportler an sich selbst scheitern und einen sicheren Sieg noch aus der Hand geben? Michael Schumacher, der siebenfache Formel-1-Weltmeister, von dem man zwar auch Niederlagen, nicht aber solche aus nervlicher Anfälligkeit kennt, sagt über seinen Stil: »Ich fahre nie mit Emotionen.« Ausgeglichenheit scheint in der Tat ein Rezept erfolgreicher Sportler zu sein. Timothy Gallwey, ehemaliger Kapitän der Harvard-Tennismannschaft,[1] nennt es das »innere Spiel«, das man gewinnen müsse: locker zu bleiben, die Dinge geschehen zu lassen, eigene Fehler zwar zu beobachten, sich davon aber nicht aus der Fassung bringen zu lassen.

Hier setzen viele psychologische Theorien über das Scheitern an. Eine nimmt an, daß durch den Streß, der bei knappem Verlauf in einem wichtigen Spiel entsteht, das »implizite Gedächtnis« gestört werde, so daß tausendfach

---

1 und Autor der brillanten Analyse *The Inner Game of Tennis*

geübte Bewegungsroutinen, die normalerweise unbewußt ablaufen, nicht mehr abrufbar seien. Die Sportler müssen sich wieder auf einfachste Abläufe konzentrieren, und man kann sich ausmalen, daß es eine erhebliche Leistungseinschränkung bedeutet, wenn ein Profi wieder wie ein Hobbyspieler über jede Feinheit des Aufschlags nachsinnen muß. Ein anderer Mechanismus tritt ausgerechnet bei besonders selbstbewußten Spielern auf und besteht in bei Anspannung zunehmender taktischer Inflexibilität: Gemeint ist das Beharren auf einem untauglichen taktischen Mittel, beim Tennis etwa dem Gegner stur auf die Rückhand zu spielen, obwohl diese gerade besonders gut funktioniert.

Fatal scheint auch die Kombination von schlechtem Selbstbewußtsein und äußerer Erwartungshaltung, die zum sogenannten »championship-choke«, dem Ersticken angesichts des Gewinnens, führen kann. Dem Empfindsamen macht die Anwesenheit von Publikum alles nur noch schlimmer. Sportpsychologen haben für Basketball und Baseball gezeigt, daß sich der Heimvorteil in den letzten Entscheidungsspielen sogar zu einem relativen Heimnachteil entwickelt: »choking under pressure«.

Eine weitere vieldiskutierte Hypothese spricht vom »stereotype threat«, nämlich daß Menschen dazu tendieren, sich nach dem über sie bestehenden Vorurteil zu verhalten, daß ein »ewiger Verlierer« also auch bei der nächsten Gelegenheit unterliegen wird. Es hat sich etwa gezeigt, daß – dem kulturellen Vorurteil entsprechend – schwarze Studenten in einem Leistungstest schlechter abschnitten als weiße Studenten, nachdem man ihnen gesagt hatte, daß es sich um eine vergleichende Untersuchung ihrer intellektuellen Leistungsfähigkeit handeln würde. Als ihnen aber ähnliche Testaufgaben als ein abstrakter Labortest ohne Vergleich vorgestellt worden waren, schnitten beide Gruppen gleich gut ab.

In den achtziger Jahren untersuchte der amerikanische Wissenschaftler Martin Seligman, ob man am Auftreten amerikanischer Präsidentschaftskandidaten ihre Wahlchancen abzulesen vermag. Er wertete alle von den Kandidaten zwischen 1900 und 1984 gehaltenen »acceptance speeches« auf Wahlparteitagen in bezug auf pessimistische Inhalte aus, weil er in Übereinstimmung mit seinem psychologischen Konzept der »erlernten Hilflosigkeit« daran glaubte, daß Pessimismus und Zögerlichkeit sowohl für die Wähler höchst unattraktiv seien, als auch den Kandidaten selbst hemmten. Seligman fand nicht nur, daß der pessimistischere der beiden Bewerber zuverlässig die bevorstehende Wahl verlor, sondern auch, daß der quantitative Unterschied zwischen den beiden Präsidentschaftskandidaten sehr deutlich mit dem Stimmenabstand am Wahlabend korrelierte.

All diese Theorien erklären zweifellos Aspekte des Mißlingens, beantworten aber eher die Frage nach dem Wie der Niederlage und nicht die nach dem Warum des Scheiterns. Denn warum kommt es bei den einen zur Nervosität in der Entscheidungssituation und bei Michael Schumacher nicht? Wieso scheint es immer die gleichen zu treffen? Exakte Antworten auf diese Fragen, Theorien, die zuverlässige Prognosen ermöglichten, liegen in tiefem Dunkel, und man sollte angesichts der Vielgestaltigkeit von Niederlagen, noch dazu auf so verschiedenen Feldern wie dem Sport, der Politik und den persönlichen Beziehungen, gar nicht erst nach der Weltformel des Scheiterns zu suchen beginnen, nach der einen Lehre, die alles erklärt. Und doch bietet die Tiefenpsychologie ein plausibles Gleichnis zum Mißerfolg, eine Hypothese, die so einige verlorene Kämpfe nachvollziehbarer macht.

Erfolg und unbewußte Gewissensangst

Aus tiefenpsychologischer Perspektive steht nicht die Erklärung des objektiven Leistungsdefizits im Vordergrund, sondern die Rivalität zwischen den Wettkämpfern. So wird die Rivalisierungsschwäche zur Voraussetzung des Scheiterns. Dabei heißt Rivalisierungsfähigkeit nicht nur, Aggressivität entwickeln und freisetzen zu können, sondern vor allem, seine Aggressivität den Regeln entsprechend im Zaum zu halten – im Rahmen der sportlichen, privaten oder geschäftlichen Usancen zu bleiben. Ganz ohne Streitbarkeit kann man auf keinem Gebiet Konkurrenzen für sich entscheiden, nichts aber steht dem Erfolg mehr entgegen, als der Aggressivität ungezügelt ihren Lauf zu lassen. Hier die Balance zu finden, ist eine große psychische Leistung, und sie ist äußerst störanfällig.

Die menschliche Urerfahrung mit Konkurrenz bildet sich nach psychoanalytischer Vorstellung im Ödipuskomplex, dem kindlichen Rivalisieren mit dem Vater oder der Mutter. Der Ausgangspunkt ist die leidenschaftliche Zuneigung zum Beispiel des vier- bis fünfjährigen Sohnes zur Mutter. Diese Liebe geht mit der Phantasie einher, daß der Rivale verschwinden möge, der Vater vernichtet werde. Natürlich muß der Wunsch, die Mutter ganz und gar für sich zu besitzen, frustriert werden, und es ist die Art dieser Frustration, die entscheidend für spätere Rivalitäten sein wird. Ein Kind sollte in dieser Zeit die Erfahrung machen, daß Eroberungs- und Selbstbehauptungswünsche zwar nicht immer erfüllt werden können, aber normal und berechtigt sind. Im Idealfall geht die Beziehung zum Vater trotz der aus der kindlichen Perspektive bitteren Konkurrenz in eine neue Phase über, die Phase der Identifikation mit dem Vater.

Wenn der Junge in diesem Kampf aber zu sehr durch seinen übermächtigen Vater eingeschüchtert wird und ihm seine Wünsche nicht mit wohlwollendem Verständnis versagt werden, sondern er drohend abgewiesen und bestraft wird, wird sich diese Erfahrung bei künftigen Kämpfen wieder melden. Eigenes Expansions- und Behauptungsstreben wird dann als bedrohlich für die eigene Unversehrtheit wahrgenommen und aus Angst zu leicht aufgegeben oder nur zaghaft verfolgt. Oder es ist nur um den Preis großer Furcht aufrechtzuerhalten. Auch kann die durch traumatische Erfahrungen im Ödipuskomplex hervorgerufene Verbindung von eigener Ambition und Schuld dazu führen, daß Erfolge ungenießbar erscheinen, weil sich mit dem Gelingen ein Schuldgefühl einstellt. Ein dergestalt im Ödipuskomplex beschädigter Junge bekommt Probleme, sich zu behaupten und bleibt so auf die eine oder andere Weise ein Kind.

Ungeachtet der Frage, ob man den Ödipuskomplex zum Zentrum seines

Weltbildes erklärt wie einige Psychoanalytiker oder ihn als eine Art Narrativ versteht, »so etwas« wie den Ödipuskomplex gibt es sicher. Irgendwann muß jedes Kind lernen, sich zu behaupten und zu rivalisieren. Es sei für den Zusammenhang von kindlicher Erfahrung und späterem Scheitern eine Studie erwähnt, auf die der Münchener Psychoanalytiker Wolfgang Mertens hingewiesen hat: Nachdem man einer Gruppe von Dartspielern subliminal, also ohne daß die Testpersonen es hätten bewußt wahrnehmen können, den Satz »Es ist o.k., Vati zu besiegen!« vermittelt hatte, waren ihre Wurfresultate besser als in einem Kontrolldurchgang ohne eine solche Suggestion. »Es ist«, so der Analytiker Theodor Reik in seinem Aufsatz *Erfolg und unbewußte Gewissensangst* von 1929, »als wäre jeder spätere Erfolg im Leben durch geheime Fäden mit dem, den wir in unserer Kindheit als den wichtigsten anstrebten, verknüpft.«

Weitere Schattierungen können der ödipalen Krise hinzutreten. So bedeutet Erfolg immer eine Separierung: gegenüber dem Publikum und dem Konkurrenten, auch der eigenen Herkunft gegenüber. Separierung vermag nicht nur Trennungsangst hervorzurufen, ihr wohnt auch der Beigeschmack von Selbstbezogenheit, ja von Gier inne, vor dem mancher schuldbewußt zurückschreckt. Schuldgefühle anläßlich eigener Herausgehobenheit sind keineswegs pathologisch; viele Menschen sind regelrecht betreten, wenn sie gewinnen. Nicht wenigen ist ein gewisser Selbstekel eine durchaus adäquate emotionale Reaktion auf Erfolg. Dies weist auf das Ineinandergreifen innerseelischer und kultureller Mechanismen, denn das Ausmaß, mit dem unterschiedliche Gesellschaften öffentliche Selbstdarstellungen als peinlich empfinden, variiert.

Kulturen des Sieges, Kulturen der Scheiterns

In seinen Erinnerungen schildert der Drehbuchautor William Goldman seine Erfahrungen während der Dreharbeiten zu *Die Brücke von Arnheim*, einem Film über eine verlustreiche Schlacht in den letzten Tagen des Zweiten Weltkriegs. Er hatte dem britischen Kriegshelden John Frost ein Originalzitat aus jenen Tagen in den Mund gelegt, das ihn zweifellos noch heroischer erscheinen ließ. Als Frost davon in London erfährt, bittet er Goldman inständig, die Szene umzuschreiben: »Ihr Drehbuch wird mich ruinieren«, sagt Frost, »Verstehen Sie nicht? Die Leute werden denken, ich würde mich produzieren ..., mehr aus mir machen, als ich bin. Und das werden sie mir nicht verzeihen.« Nicht nur spricht aus den Bedenken des Generals der britische Horror vor übertriebener Selbstdarstellung, bezeichnend ist auch die Verblüffung des Amerikaners Goldman über Frosts Reaktion: »Die Briten sind so anders als wir, es ist unbeschreiblich. Aber an keiner Stelle ist der Unterschied größer, als wenn es um Krieg geht: Wir lieben Siege, die Briten schwärmen von den Niederlagen. Daher ist für sie die größte Schlacht des Zweiten Weltkriegs auch Dünkirchen.«

Was Goldman meint, wird verständlich angesichts der Hingabe, mit der englische Fans ihre Fußball-Nationalmannschaft feiern, wenn sie wieder einmal knapp und äußerst unglücklich verloren hat, wie im Elfmeterschießen bei der letzten Europameisterschaft gegen die Portugiesen oder wie 1996 im eigenen Land gegen die deutsche Mannschaft. Überhaupt zeigt die Bilanz englischer Teams in dieser nervenzehrenden Teildisziplin des Fußballs eine mehr als zufällige Dominanz des Scheiterns. Von den letzten fünf Elfmeterentscheidungen bei internationalen Wettbewerben verloren die Engländer: fünf. Und doch werden die Spieler von den Fans mit einer solchen Bewegung besungen, daß der Verdacht aufkommen muß, die Briten vermöchten eine Niederlage mindestens genauso zu genießen wie einen Sieg.

Wenn auch nationale Stereotype wie die von der Abneigung der Briten gegen allzu große Selbstdarstellung und ihrem damit verbundenen Hang zum Scheitern nur einen begrenzten Wert besitzen – und obendrein die Tradition der »stiff upper lip« im Verschwinden begriffen sein soll –, so sind sie doch nicht völlig von der Hand zu weisen. Immerhin ist es merkwürdig, daß in den letzten Jahrzehnten in den Sportarten, denen Großbritannien als »Mutterland« gilt, keinerlei Titel mehr für englische, schottische und walisische Nationalmannschaften zu dokumentieren sind: nicht im Fußball noch im Tennis. Aber selbst im Rugby und beim Cricket lassen die Briten immer wieder ehemaligen Kolonien wie Neuseeland oder den Westindischen Inseln den Vortritt und haben noch keine der Weltmeisterschaften in diesen Sportarten erringen können.

Als das britische Empire noch an alle Enden der Welt reichte und der Kapitän Robert Falcon Scott für die Krone eine weitere, eine der letzten Entdeckungen hatte machen sollen, unterlag er im Wettlauf an den Südpol um wenige Tage dem Norweger Roald Amundsen. Ein geschlagener Mann, schreibt Scott auf dem Rückweg vom Pol angesichts des fatalen Mangels an Nahrung und Brennmaterial in heroisierendem Ton: »Wir zeigen, daß Engländer noch kühnen Mutes zu sterben wissen, den Kampf bis ans Ende ausfechtend.« Noch deutlicher wird diese Haltung in dem kurzen Gedicht, das die Spieler in Wimbledon auf dem Weg zum Centre Court mahnt: Erst dann, so Rudyard Kipling, sei jemand gereift, »wenn man mit Gleichmut in Triumph und Scheitern / beider Täuschung nicht verfällt«.

Auch in Ostasien führt die Niederlage noch nicht den modernen Anklang von Wertlosigkeit mit sich, und dies vielleicht aus ähnlichen Motiven wie in Großbritannien, auf dem Grunde einer zurückhaltenderen Kultur, in der nicht nur der Selbstdarstellung enge Grenzen gezogen sind, sondern die auch einen besonderen Demütigungsschutz für Unterlegene bietet. In seinem Buch *Die Niederlage ist ein Sieg – Tradition, Geist und Technik des ostasiatischen Kampfsports* beschreibt Michael Grundmann den auf Persönlichkeitsentwicklung und nicht auf Wettkampf oder vielmehr nicht auf Besiegen zielenden Geist asiatischer Kampfsportarten. Er schildert aber auch, daß es zunehmend zu einer Verwestlichung, einer »totalen Versportung« und damit Brutalisierung komme.

Es ist bemerkenswert, daß etwa Japan im Weltsport nicht die Rolle spielt, die es angesichts seiner Größe und wirtschaftlichen Entwicklung vielleicht einnehmen könnte. Und auch dies zeigt, daß man die Einstellung einer Gesellschaft zu Sieg und Niederlage, die Einstellung zu besser und schlechter keineswegs mit einem Gradmesser für Leistungsfähigkeit oder gar Zivilisiertheit verwechseln sollte. Wer dies tut, hat sich bereits in die primitive Wettkampflogik von Gewinnen und Verlieren begeben.

Das Land, das den Wettkampfgedanken wohl am ungehemmtesten auslebt, sind die Vereinigten Staaten von Amerika. Das hitzige amerikanische Wettbewerbsklima kann so gerade für Einwanderer aus Asien zum Problem werden. Jenai Wu, Psychologin am Massachusetts General Hospital in Boston, beschreibt die Schwierigkeiten, die für asiatische Frauen entstehen, wenn sie sowohl den amerikanischen als auch ihren traditionellen Ansprüchen gerecht zu werden versuchen. Aus der Konfrontation zwischen persönlicher Ambition einerseits und andererseits den Bedürfnissen, etwa die eigene Mutter nicht durch Erfolg zu desavouieren und die kulturell überlieferte Frauenrolle nicht aufzugeben, entsteht für manche Frauen der zweiten Einwanderergeneration ein Konflikt, der - nach dem Muster des schuldhaft erlebten Erfolges - zur Selbstsabotage, zum Scheitern am Erfolg führt.

Drei Arten, Niederlagen wahrzunehmen

Nicht wenige Zeugen, vielleicht könnte man sie als Pragmatiker bezeichnen, erleben Niederlagen wie die Jana Novotnas in kühler Lebenstüchtigkeit: Mit dem wohlfeilen Rückenwind retrospektiver Schuldzuweisungen betonen sie, daß da jemand im entscheidenden Moment versagt habe, ergo sei die Niederlage unausweichlich gewesen, das sei nun einmal so. Aus dieser Perspektive ist eine Niederlage allein durch ihre Existenz immer gerecht, verdienen und verlieren befinden sich in tautologischer Verschmelzung. Es sind bezeichnenderweise die Sportreporter, die dieses Denken am konsequentesten vertreten: In den letzten fünfzehn Jahren dürfte im deutschen Fernsehen wohl kaum je eine Niederlage als unverdient bezeichnet worden sein. Es wäre vielleicht tröstlich, die fortwährende Attribuierung von Niederlagen als verdient eine Sprachschlamperei zu nennen. Aber wie häufig bei dieser Erklärung übersähe man so einen Bedeutungswandel. Denn der Umstand, daß Journalisten seit einiger Zeit Niederlagen nicht nur als erklärbar, sondern automatisch als verdient bezeichnen, hat weniger mit Nachlässigkeit zu tun als mit dem Erfolg der Wettbewerbsreligion.

Dieser Glaubensrichtung gehören zu einem großen Teil diejenigen an, die sich mit dem FC Bayern München identifizieren. Man kann dem Club angesichts der enormen Erfolge den Respekt wohl kaum versagen, und immer schon waren »die Bayern« ein populärer Verein. Nur normal ist es, wenn Münchner oder Bayern sich zu Rot und Weiß bekennen. Aber in den letzten zwei Dekaden hat der Club im ganzen Land eine riesige Anhängerschaft rekrutiert und kann sich heute rühmen, nicht nur der beste, sondern auch der beliebteste deutsche Fußballverein zu sein. Man wird jedoch das Gefühl nicht los, daß sich viele Bayern-Fans weniger für Fußball interessieren als vielmehr für das Siegen selbst, für den Erfolg. Und so nehmen die Anhänger auch keinen Anstoß an öden 1:0-Spielen ihres Clubs, denn »Sieg ist Sieg«.

»FC Bayern«, so heißt es im Refrain der Vereinshymne, »forever number one«. Vielleicht sind es der bruchlose Erfolg, die Makellosigkeit, die Seriosität des Vereins, die die Beziehung der Bayern-Anhänger zu ihrem Club so leidenschaftslos erscheinen läßt. Eher als bei anderen Vereinen kann man sich daher vorstellen, daß im Falle anhaltenden Mißerfolgs viele Fans den Bayern ganz ungekränkt den Rücken kehren und sich etwas Besseres suchen würden. Der amerikanische Journalist Joe Queenan, ein Anhänger der Dauerverlierer Philadelphia Phillies, schreibt über die Fans der New York Yankees, die so etwas wie die Bayern der amerikanischen Baseball-Liga sind: »Solange es sie gibt, werden sie die Römer bleiben ... Sie wissen, daß sie sich lächerlich machen, wenn sie sich als eingefleischte Fans bezeichnen.«

Anderen wiederum ist das Ergebnis nicht alles, und sie sind offener für die Geschichte einer Niederlage, sie geben sich eher dem Schmerz hin und sehen die Größe und das Symbolische des Scheiterns. Dieser zweiten Art, Niederlagen zu betrachten, hängen die Romantiker des Scheiterns an. Stefan Zweig schließt seine Eloge auf den am Südpol wahrlich heldenhaft gescheiterten Scott mit dem Credo: »Denn nur Ehrgeiz entzündet sich am Zufall des Erfolges und leichten Gelingens, nichts aber erhebt dermaßen herrlich das Herz als der Untergang eines Menschen im Kampf gegen die unbesiegbare Übermacht des Geschickes, diese allezeit großartigste aller Tragödien, die manchmal ein Dichter und tausendmal das Leben gestaltet.«

Sich im Vollbad des Scheiterns berauschend, glauben die Romantiker an die heilende Kraft des Debakels, an eine charakterliche Adelung im Untergang. Sie sehen die Analogie zur Endlichkeit, zu der einen großen Niederlage, die uns alle einmal ereilen wird. Namentlich, so schreibt die Psychotherapeutin Mechthild Pouplier, könne ein recht verstandener Mißerfolg schöpferische Kräfte entfalten, denn nur in der Gebrochenheit entstehe poetische Tiefe. Die Niederlage als das ästhetisch interessantere Ereignis, aber auch als der moralische Grund, auf dem allein wahre Größe gedeihe – eine protestantische Position: die Letzten werden die Ersten sein, oder in den Worten Zweigs: »Von meinem ersten Stück an hat mich das Problem der seelischen Superiorität des Besiegten immer wieder von neuem beschäftigt. Immer lockte es mich, die innere Verhärtung zu zeigen, die jede Form der Macht in einem Menschen bewirkt, die seelische Erstarrung, die bei ganzen Völkern jeder Sieg bedingt, und ihr die aufwühlende, die seelisch schmerzhaft und furchtbar durchpflügende Macht der Niederlage entgegenzustellen«.

Hinterläßt der Pflug der Niederlage wirklich ein ergiebiges Feld? Welchen Nutzen bringen Niederlagen? Sie mögen einem, zumindest wenn sie früh genug und nicht zu schmerzhaft treffen, den Zahn narzißtischer Größenphantasien ziehen, einen Weg verstellen, der sicher in die Irre geführt hätte. Niederlagen schaffen Fakten, die in verklärter biographischer Rückschau als gewünscht erscheinen mögen. Oft genug aber hinterlassen sie nichts als ein Trauma. Und obwohl es sein mag, daß manches Scheitern psychotherapeutisch nutzbar ist, verhält es sich mit vielen Niederlagen so, wie es Jan Philipp Reemtsma in seinem Buch über Muhammad Ali beschreibt: »Man wächst nicht an Niederlagen. Man geht an Niederlagen zu Grunde, und wo man nicht zu Grunde geht, wird man deformiert; oder ›ändert sich‹ – es ist nicht einfach, und vielleicht nicht nötig, das besonders genau zu unterscheiden. Niederlagen machen auch nicht stärker. Schwäche (worin sie auch bestanden hat) ist Ursache und Folge der Niederlage. Trotzdem kann einer nach einer Niederlage stärker sein als vorher. Aber er ist dann anders stark, als er es dort gewesen war, wo er sich als schwach erwiesen hatte. Siege zeigen die Kontinuität einer Persönlichkeit, Niederlagen erzwingen Diskontinuität. Nicht, weil sich aus Niederlagen etwas lernen ließe. Das ist nicht der Fall. Die Niederlage verändert zuviel, als daß sie noch die Kontinuitätsfiktion des ›Lernens‹ aufrechterhalten ließe.«

Das kommt den Melancholikern bekannt vor. Dieser dritten Gruppe ist die Niederlage vor allem die Bestätigung der eigenen Lebenserfahrung: Am Ende verliert man ja doch, das Gute siegt nie. Wo der Fan der großen Meister als Gegenleistung eine Ich-Verstärkung erhält, liegt für den Melancholiker im Wiedererkennungswert der eigentliche Reiz seiner Treue zu Verlierermannschaften. Wenn man einmal von der Atmosphäre im Stadion am Millerntor absieht, was sonst macht einen Verein wie den FC St. Pauli für Nicht-Hamburger attraktiv? Warum sollte jemand, der nicht gerade aus Braunschweig kommt, sein Herz an Eintracht Braunschweig verschwenden, einen Verein, der seine guten Tage lange hinter sich hat?

Wer die Niederlage erwartet, hat sich bereits gegen den Schmerz des Scheiterns immunisiert, nichts überrascht ihn mehr, er hat immer recht. Es liegt etwas Zweckpessimistisches über dieser Fankurve, etwas trotz aller Leidenschaft Zaghaftes. Fast könnte man von Feigheit sprechen, denn der Fan der klassischen Verlierermannschaft begibt sich in die sichere Lage, nie behauptet zu haben, seine Mannschaft sei zu Triumphen befähigt. Wer sich ohne zwingenden biographischen Grund zu einer Verlierermannschaft bekennt, entzieht sich dem Kampf um den großen Sieg, um die Herausgehobenheit. Er nimmt teil am Geschehen, hat sich aber auf eine Beobachterposition zurückgezogen, in der er die Botschaft von der Niederlage mit hochgeschlagenem Mantelkragen entgegenzunehmen bereit ist. In ähnlicher Haltung mag er schon früher schlechte Nachrichten empfangen haben – vielleicht wenn er nicht mitspielen durfte oder wenn ihn jemand verließ.

Ernst wird es, wenn es um den Abstieg geht, doch auch in diesem Falle kann man sich darin sonnen, loyal geblieben zu sein und nicht opportunistisch die Pferde gewechselt zu haben, das Prinzip nicht dem Erfolg geopfert zu haben. Dieser Hochmut, gepaart mit dem Leiden an den deprimierenden Ergebnissen, steht einer masochistischen Position nahe, dem lustvollen Gefühl moralischer Überlegenheit durch das Ertragen von Qualen.

»Wie mein Vater einmal sagte«

»The heartbreak of a lifetime«, so nannte Al Gores Tochter Karenna die spektakuläre Niederlage ihres Vaters gegen George W. Bush bei der amerikanischen Präsidentschaftswahl 2000. Es herrscht kein Mangel an politischen Erklärungen für das Wahlergebnis, von den berüchtigten »butterfly ballots« in Florida und der republikanischen Rechtsauffassung des Supreme Court über die neue Rolle der fundamentalistischen Christen bis hin zur Spaltung des liberalen Wählerspektrums durch Ralph Nader. Alle diese Auffassungen haben auch im vorliegenden Fall ihren Wert, und Hypothesen dieser Art erklären die meisten Wahlresultate hinreichend, zumindest hält man sich grundsätzlich besser an politische Kategorien bei der Interpretation von Wahlen als an deren Psychologisierung. Bei besonders knappen Entscheidungen aber, wenn sich wirtschaftliche Interessen und kulturelle Identitäten zu einem toten Rennen ausmitteln, erlangen persönliche Eigenschaften der Kandidaten eine Bedeutung, die ihnen unter anderen Voraussetzungen nicht zukäme. Oft konnte man daher in der Nachbereitung von Bush gegen Gore hören, wie unnahbar und hölzern der Demokrat gewirkt habe und wie aufgeräumt und kumpelhaft demgegenüber sein Gegenkandidat. Hier soll allerdings nicht die Frage im Mittelpunkt stehen, warum ein Mann, der so scharfsinnig und humorvoll zu sein scheint wie Gore, sich in der Öffentlichkeit in einen zänkischen Besserwisser verwandelt, sondern es geht um eine Spekulation über verborgene Motive Al Gores.

Albert Arnold Gore Jr., der nach amerikanischer Sitte die Namen seines Vaters trägt und der seinen einzigen Sohn Albert Arnold Gore III nennen wird, richtete sich in vielem nach dem väterlichen Vorbild. Noch im Alter von fünfzig Jahren wird er am Grabe des Vaters sagen: »Mein Vater war der größte Mann, den ich in meinem Leben jemals kennengelernt habe.«

Der ehrgeizige Farmer Al Gore Sr. zieht im Alter von 31 ins Repräsentantenhaus ein, bevor er zwischen 1952 und 1970 einer von zwei Senatoren des Staates Tennessee in Washington sein wird. In jenen Jahren hätte ihn der demokratische Präsidentschaftskandidat Stevenson beinahe zum Vizepräsidentschaftskandidaten ernannt. Al Gore Sr. erlangt vor allem durch seinen Widerstand gegen die Rassentrennung und den Vietnamkrieg die Reputation eines unabhängigen Liberalen, was dazu führt, daß er zu einem Hauptziel der Nixon-Kampagne im Wahljahr 1970 wird. Und so unterliegt Al Gore Sr. in einem allgemein als schmutzig erinnerten Wahlkampf knapp dem Republikaner William E. Brock III.

Al Gore Jr. kommt 1948 zehn Jahre nach seiner Schwester Nancy in Washington zur Welt, was seine Mutter Pauline gegenüber der *Washington Post* später so kommentierte: »Wir hatten so lange auf einen Sohn gewartet. Nun, mir war das eigentlich egal, aber mein Mann wollte unbedingt einen Stammhalter.« Folgt man seinem Biographen Peter Neumann, so mußte sich Al Gore Jr. die Anerkennung und Zuwendung in seiner Familie stets durch Leistung erwerben. Wie sein Vater habe er sich alles erarbeiten müssen und sei keineswegs vom materiellen und sozialen Status der Familie verwöhnt gewesen.

Schon früh ist dem Vater klar, daß Al Junior Politiker werden soll. Anders, als das sonst oft der Fall ist, wirkte die Mutter nicht ausgleichend. Pauline Gore sei selbst äußerst ehrgeizig gewesen, schreibt Neumann, und hatte als eine der ersten Frauen ein Jurastudium an der Vanderbilt-Universität in Nashville absolviert. Die Anwältin leitet das Büro ihres Mannes in Washington und scheint die graue Eminenz gewesen zu sein. Über ihren Mann und ihren Sohn wird sie einmal zu Protokoll geben: »Ich habe beide trainiert, bei meinem Sohn war ich erfolgreicher.« Bei allem Plakativen solcher ausgewählten Zitate scheint unzweifelhaft, daß Gore die Ziele seines Vaters verinnerlicht hat, denn bereits als er 1965 in Harvard zu studieren beginnt, unterrichtet er seine Kommilitonen darüber, daß er Präsident der Vereinigten Staaten zu werden beabsichtige.

Es verwundert nicht, daß der Sohn die Ziele seiner Eltern zu den eigenen macht, es wäre aber genausowenig erstaunlich, wenn darin bereits der Kern des Scheiterns läge: Weil sich Gore niemals von der übermächtigen Vaterfigur hätte emanzipieren können und eine so große Angst vor dem Aufbegehren gegen seinen Vater entwickelt hätte, daß er lieber dessen Perspektive übernahm, als das Risiko einzugehen, in Opposition zum Vater einen eigenen Weg zu wählen. So eine bereits in der Beziehung zum Vater angelegte Angst vor Konfrontationen kann sich bitter rächen in späteren Auseinandersetzungen. Für Gore ist charakteristisch, daß ihm der Ruf detaillierter Sachkenntnisse und einer verbissenen Aktenkunde vorausgeht. Diese positive Eigenschaft hat aber einen Nebeneffekt, der auch der psychologische Haupteffekt sein könnte: Die Sachebene ist die beste Prävention harter persönlicher Konfrontationen. Dem Konflikt weicht Gore auch in seiner Rolle als Vizepräsident aus, in der er übereinstimmend für seine Loyalität gerühmt wird. Obwohl inhaltlich oft anderer Auffassung als Clinton, entscheidet sich Gore nahezu immer für die Rolle des treuen Adjutanten.

Von seinem betagten Vater gedrängt anzutreten, bewirbt sich Gore 1988 um die demokratische Präsidentschaftskandidatur. Gores Kampagne stand von Beginn an unter einem unglücklichen Stern, von der Rekrutierung des Wahlkampfpersonals bis zu der Rede, in der er seine Kandidatur ankündigt. Nach Meinung der Journalisten setzt Gore diese Ansprache auf den Stufen des Gerichts seiner Heimatstadt Carthage durch Umständlichkeit und Steifheit ziemlich in den Sand. Ein überzeugender – und überzeugter – Kandidat sieht anders aus. Der erste Anlauf zum Präsidentenamt scheitert somit kläglich. Daß es sich hierbei nicht nur um Ungeschick, sondern auch um Angst vor Selbstbehauptung handeln könnte, schwingt in dem brutalen Diktum Pauline Gores über ihren Sohn als »geborener Anpasser« genauso mit wie in der Gegenfrage, die Gores Ehefrau Tipper, eine Kinderpsychologin, einmal stellte, als man sie auf Al Gores Beziehung zu seinem Vater angesprochen hatte: »Schon mal was von Ödipus gehört?«

Welche Argumente bestehen dafür, daß Gore während des Wahlkampfs 2000 so kurz vor dem Ziel seinen Erfolg unbewußt sabotierte? Es ist auffällig, daß Gore die Wahl noch verlor, obwohl er sich in einer sehr günstigen Ausgangslage befand mit einer boomenden Wirtschaft und der Förderung durch den von den Demokraten geliebten Bill Clinton. Die Fehler Gores beziehen sich auf drei Aspekte des Wahlkampfes: seine Abgrenzung gegenüber Clinton, sein persönliches Auftreten, sein Verhalten im politischen und juristischen Kampf nach dem Patt in Florida.

Warum lehnt Gore Clintons Angebot ab, ihn im Wahlkampf zu unterstützen? Warum positioniert er sich sogar gegen den Präsidenten, indem er dessen schärfsten demokratischen Kritiker in der Lewinsky-Affäre zu seinem Vizepräsidentschaftskandidaten ernennt? Eine verheerende und gegen den Rat seines Wahlkampfmanagers Coelho gewählte Strategie, besonders angesichts der Kongreßwahlen 1998, die mit ihren Gewinnen für die Demokraten gezeigt hatten, daß die Mehrheit der Amerikaner der Lewinsky-Geschichte kein besonderes politisches Gewicht beimaß. Diese Fehlentscheidung allein hat Gore vermutlich Arkansas, die Heimat Clintons, und Florida gekostet, möglicherweise hätte er nicht einmal den schmerzlichen Verlust seines Heimatstaates Tennessee erleben müssen. Der Gewinn nur eines dieser drei Staaten hätte ihn zum Präsidenten der USA gemacht. Und doch hat sich Gore unbedingt von Clinton absetzen wollen. Hier kann man das ferne Echo der Weigerung Gores vernehmen, in seinem ersten Walkampf zum Repräsentantenhaus Al Gore Sr. für sich auftreten zu lassen. Gore selbst stellt es gerne so dar, als seien die Abgrenzungen gegen seinen Vater in Tennessee vor dreißig Jahren und im Wahlkampf 2000 gegen Clinton ein Ausdruck von Emanzipation. Aber wie frei fühlt sich jemand wirklich, der aus Angst, es könnte zu Verwechslungen kommen, seinen Vater und seinen stärksten politischen Unterstützer demonstrativ verbannen muß?

Gores öffentliche Persona war nie mit der Clintons, Reagans oder Kennedys zu vergleichen, deren Auftreten der amerikanischen Sehnsucht nach Leadership in einer jeweils genialen Mischung aus Substanz und charmanter Vereinfachung entgegenkam. Die Intellektualität Gores dagegen ist schon per se eine Fußfessel für das politische Fortkommen (man denke etwa an Hans-Jochen Vogels Probleme bei uns), aber man sollte sie nicht ohne weiteres als das ehrliche Ringen um Durchdringung und Wahrhaftigkeit verklären, sondern kann in dieser Intellektualität durchaus auch eine vertrotzte Abgrenzung vom Mainstream erkennen, sozusagen Intellektualität als Abwehr gegen die Eingemeindung durch die Masse. Sich gemein zu machen gehört nun aber zum Berufsbild des Politikers, so daß Widersetzlichkeit gegen dieses demokratische Diktat zu nichts als zu Selbstbeschädigung führt. Und Al Gore Jr. tat im Wahlkampf einiges dafür, sein Image vom unnahbaren Intellektuellen aufrechtzuerhalten, am verheerendsten in den Fernsehdebatten, wo er es seinem ihm politisch unterlegenen Gegner gestattete, weit sympathischer zu wirken.

Schließlich wirkt Gores übereilte Gratulation Bushs zum Wahlsieg in der noch völlig offenen Wahlnacht fast so, als habe er eine Erleichterung verspürt, daß es endlich vorbei war. Man kann einwenden, daß bei einem so knappen Wahlausgang wie dem in Florida alles entscheidend gewesen wäre, selbst das Wetter. Es ist daher um so nötiger, im Auge zu behalten, wie ungewöhnlich es ist, aus einer boomenden Wirtschaftslage heraus eine Wahl noch zu verlieren. Aber hätte man im Falle einer Wahlniederlage Bushs nicht mit dem gleichen Argument dessen Scheitern erklären können? George W., gescheitert bei dem Versuch, seinen übermächtigen Vater zu erreichen? Dieser verlockenden Erklärung steht allerdings gegenüber, daß an George W. Bush anders als an Al Gore Jr. bisher nicht aufgefallen ist, daß er Probleme damit hat, in Wettbewerben Aggressivität an den Tag zu legen. Auch ist der Job eines Gouverneurs von Texas, den Bush lange versah, deutlich »politischer«, verlangt mehr Bereitschaft zur Auseinandersetzung und Führung, als sie Al Gore zeigen mußte während seiner Tätigkeit als Senator, Abgeordneter im Repräsentantenhaus oder Vizepräsident. Hinzu kommt der Auftritt der beiden Politiker. Während Gore immer den Eindruck vermittelt, er fühle sich unwohl in seiner Haut, scheint Bush in seiner Rolle aufzugehen. Keine Frage, Bush hätte die Wahl 2000 verlieren können, aber aus anderen Gründen als Gore.

Einen letzten Hinweis auf Gores Ambivalenzen gibt seine »concession speech«, die kurze Rede, mit der er am 13. Dezember 2000 seinen Kampf um das Weiße Haus aufgibt. Ganz im Modus der romantischen Niederlagenwahrnehmung sagt Gore unter Bezugnahme auf seinen Vater und dessen letztes Scheitern: »Was die Schlacht betrifft, die heute zu Ende geht, so glaube ich, daß – wie mein Vater einmal sagte – eine Niederlage, und sei sie noch so bitter, es genauso wie ein Sieg vermag, die Seele zu bilden und uns mit Stolz zu erfüllen.« Von den Beobachtern wird diese Rede als ein Musterbeispiel an Größe gepriesen werden, ein Eindruck, den hervorzurufen Gore sicher vor allem anderen beabsichtigt hatte. Man kann aus diesen Worten aber auch eine gewisse Lust am Untergang heraushören und sie als Heroisierung der Niederlage verstehen.

Vielleicht wäre der schlechte Wahlkämpfer Gore ein guter Präsident der USA geworden, aber so ganz scheint er es dann doch nicht gewollt zu haben. Und gegen zwei Widersacher zu gewinnen, war selbst für seinen Ehrgeiz zuviel: gegen den politischen Gegner, der sich oft genug eher wie ein Feind verhielt, und gegen die eigenen Widerstände. Al Gores Scheitern in seinem Ringen mit sich und der Welt zeigt, wie wenig manche Verlierer in die vorwurfsvolle Formel vom Loser passen. Eher schon teilen sie eine Wesensart, die sich der Kategorie Schuld entzieht. Nicht selten finden sich die Gründe weniger in der unmittelbaren Auseinandersetzung als auf ganz anderen Ebenen, im »tiefen Brunnen der Vergangenheit«. Oft haben daher auch Sieger weniger mit ihrem Erfolg zu tun, als sie und viele Beobachter denken mögen. Ein Umstand, der sie durchaus dazu bewegen könnte, »We Are the Champions« mit weniger Triumph zu intonieren – oder ganz darauf zu verzichten.

Mark M. Anderson

Die Kinder und der Holocaust

Eine amerikanische Geschichte

Präsident Clinton beschwor den Holocaust, als er amerikanische Truppen nach Europa schickte, um die »ethnischen Säuberungen« in Serbien und Bosnien zu beenden, so wie Präsident Bush sich wiederholt auf das »Böse des Nazismus« berief, um seine Entscheidung zur Invasion des Irak zu rechtfertigen. Aber Auschwitz ist weit mehr als ein historischer Präzedenzfall für amerikanische Interventionen. Es wurde zum Symbol unserer zentralen nationalen Werte, unseres Eintretens für Demokratie, Toleranz und Freiheit. Dieses schrecklichste aller Verbrechen gegen die Menschlichkeit dient der Nation mittlerweile als ein moralischer Prüfstein, und seine Ungeheuerlichkeit läßt Meinungsverschiedenheiten in unserer ansonsten so streitlustigen Kultur und Politik gar nicht erst aufkommen.

Wie tief der Holocaust sich unserer Kultur eingeprägt hat, wurde mir erst bewußt, als ich in einer staatlichen Schule New Yorks den Elternabend der zweiten Klasse, in die meine Tochter geht, besuchte. Die Eltern hörten zu, wie der Lehrer die speziellen Attraktionen des Klassenzimmers beschrieb, wozu eine Ecke fürs Geschichtenerzählen gehörte, ein Computerlabor und eine kleine Bibliothek mit Büchern über Tiere, Sport und »berühmte Amerikaner«. Eine weitere dort aufgeführte Kategorie jedoch hatte ich nicht erwartet: »Holocaust Fiction«. Später am Abend fragte ich meine Tochter danach, und sie antwortete mit aufrichtiger Begeisterung: »Oh ja, der Holocaust gehört zu meinen Lieblingsthemen.« Wenn Lucy Davidowicz sich noch 1990 in *Commentary* darüber beklagen konnte, daß dem von den Nazis an den Juden begangenen Genozid »erst noch ein fester Platz im Sekundarschulbereich eingeräumt werden muß«, wird sie sich sicher freuen zu hören, daß das Thema weniger als ein Jahrzehnt später auch für Grundschulkinder zu einem selbstverständlichen Unterrichtsgegenstand geworden ist.

Dieser Erfolg bedeutet eine begrüßenswerte Veränderung gegenüber der Ignoranz und Indifferenz, die ein großer Teil der amerikanischen Gesellschaft in den ersten Nachkriegsjahrzehnten an den Tag legte. Der Holocaust soll Teil unserer Schulcurricula sein und in altersgemäßer Form unterrichtet werden, vor allem in nichtjüdischen Vierteln, wo Stereotype und Vorurteile gedeihen können. Gleichwohl drängen sich einige Fragen auf. Warum reagieren amerikanische Kinder, die im allgemeinen nicht für ihr Interesse an europäischer Geschichte bekannt sind, spontan so positiv auf das Thema »Holocaust«? Und was kann uns das über die verspätete Popularität des Themas bei den erwachsenen Amerikanern sagen? Lag der Grund für den Eifer, uns in ein emotional so qualvolles Thema zu vertiefen, darin, daß der Holocaust das »innere Kind« in uns allen anspricht? Oder lag es an der besonderen Rolle der mehr als eine Million Kinder unter den Opfern des Holocaust, daß wir Amerikaner so bewegt sind von einem Geschehen, das vor mehr als sechzig Jahren in fremden Ländern stattfand? Verwandelt schon das bloße Ausmaß dieses Massakers und seiner Grausamkeit uns alle in Kinder, die ängstlich in eine geheimnisvolle, unbegreifliche Welt starren? Oder, kritischer gefragt, liegt es an Amerikas oft kindlicher Geschichtsauffassung, unserem Wunsch, die Welt in Begriffen wie Gut und Böse zu sehen statt in komplexen politischen und ideologischen Begriffen, daß der Holocaust zu einer so bezwingenden »Story« wird? Welche Rolle haben schließlich Religion und Amerikas Interesse an »Familienwerten« bei dieser Entwicklung gespielt? Warum nehmen sich nach Jahrzehnten relativen Desinteresses konservative Christen der Geschichte der jüdischen Opfer an?

Das Interesse breiter Bevölkerungskreise in Amerika am Nazigenozid begann Ende der siebziger Jahre, angeregt von der neunstündigen Fernsehserie *Holocaust* (1978), die die fiktive Geschichte einer deutsch-jüdischen Familie während der Hitlerzeit schilderte. Zwei Wochen, nachdem das Drama überall in den USA gesendet worden war, stand Präsident Carter mit dem israelischen Botschafter im Rosengarten des Weißen Hauses, um den dreißigsten Jahrestag der Gründung des Staates Israel zu feiern, und verkündete den Plan einer Holocaust-Gedenkstätte zur Erinnerung an den Tod von sechs Millionen Juden. Mit Unterstützung der drei nachfolgenden Präsidenten führte dieses Projekt 1993 zur Schaffung des United States Holocaust Memorial Museum in Washington. Das Museum gehört zu den beliebtesten Touristenzielen der Hauptstadt und befindet sich an einem Ort von symbolischer Bedeutung, an die Mall angrenzend, unweit des Lincoln Memorial. 1993 war auch das Jahr von Steven Spielbergs enorm erfolgreichem Film *Schindlers Liste*, der Millionen von Zuschauern in den Kinos wie in den Klassenzimmern der Oberschulen und den Hörsälen der Universitäten erreichte.

Das Überraschende an dieser Reaktion breiter Teile der Bevölkerung war, wie bereitwillig die Nichtjuden dieses historische Ereignis als eine »amerikanische Erinnerung« akzeptierten, die in das Bauwerk der nationalen Institutionen eingefügt wurde. »Wie konnte das europäische Ereignis eine derartige Bedeutung im amerikanischen Bewußtsein erlangen?« fragt der Historiker Peter Novick. Seine Antwort stimmt mit einer Reihe anderer neuerer Untersuchungen überein wie etwa Edward Linenthals fesselnder Darstellung, wie das Holocaust Museum in Washington entstand, und Alan Mintz' klugem Überblick über den Holocaust in der populären Kultur Amerikas.[1] Obwohl Sichtweisen und Folgerungen voneinander abweichen, sind sich diese Autoren doch einig in der Bedeutung der internationalen Politik, insbe-

---

1 Vgl. Peter Novick, *Nach dem Holocaust. Der Umgang mit dem Massenmord.* Stuttgart: DVA 2001; Edward T. Linenthal, *Preserving Memory. The Struggle to Create America's Holocaust Museum.* New York: Columbia University Press 1995; Alan Mintz, *Popular Culture and the Shaping of Holocaust Memory in America.* Seattle: University of Washington Press 2001. Hilene Flanzbaums *Americanization of the Holocaust* (Baltimore: Johns Hopkins University Press 1999) versammelt kontrastierende und im allgemeinen moderate Ansichten. Eine extrem polemische Darstellung findet man in Norman G. Finkelsteins *Die Holocaust-Industrie* (München: Piper 2000) und Tim Coles *Selling the Holocaust* (New York: Routledge 1999).

sondere der Gefährdung Israels nach den Kriegen von 1967 und 1973, die die Beziehungen der jüdischen Bevölkerungsgruppe Amerikas zu Israel veränderte und sich auch auf die Außenpolitik Amerikas auswirkte. Novick vertritt die provozierende These, daß Juden in Hollywood, der Fernsehindustrie und den Printmedien, beunruhigt von der Möglichkeit eines zweiten Holocaust, die Geschichte des Nazigenozids benutzten, um Hilfe für den bedrohten zionistischen Staat zu initiieren. Die US-Regierung brauchte ihrerseits die Unterstützung der jüdischen Wähler bei dem Versuch, den Konflikt zwischen ihrer strategischen Verbundenheit mit Israel und ihrer ökonomischen Abhängigkeit vom arabischen Öl zu lösen. Für Präsident Carter, der die Kommission zur Planung einer nationalen Holocaust-Gedenkstätte einberief, sollte dieses Projekt dazu dienen, seine Beziehungen zu den jüdischen Wählern zu verbessern, indem es eine eindeutige Parteinahme seiner Regierung für den israelischen Staat und die Erinnerung an die ermordeten Juden dokumentierte, was den zusätzlichen Vorteil hatte, daß die amerikanischen Soldaten, die gegen den Nazismus gekämpft und die Konzentrationslager befreit hatten, dort gefeiert werden konnten.

Diese Überlegungen helfen bei der Erklärung, warum bestimmte auf den Holocaust bezogene Projekte initiiert wurden. Politik allein vermag aber nicht zu erklären, warum so viele Amerikaner, von denen die meisten keine Juden waren und die ansonsten wenig Interesse an Außenpolitik oder Engagement für Israel bewiesen hatten, auf diese spezifische menschliche Tragödie reagierten, als ob sie davon persönlich betroffen wären. Zwar ist ein weltweites Interesse am Holocaust zu erkennen, aber die Bedeutung, ja Popularität des Holocaust auch für die nichtjüdischen Amerikaner ist ein Phänomen. Kein anderes Land hat zum Beispiel so viele Holocaust-Museen und -Forschungszentren errichtet (weit über hundert); Filmen mit Holocaust-Thematik verleiht Hollywood mittlerweile regelmäßig Oscars *(Schindlers Liste, Das Leben ist schön, Der Pianist)*, während die Kabelfernsehsender HBO und History Channel Nazideutschland und den Holocaust zu einer Säule ihrer Programmgestaltung gemacht haben.[2] Alles andere als ein unaussprechliches Tabu ist der Holocaust irgendwie kommerziell attraktiv und sogar »sexy« geworden, ein lukratives Thema von Infotainment, das die amerikanischen Konsumenten mehr anzieht als die Schlächtereien der Stalinschen Säuberungen, die chinesische Kulturrevolution, Pol Pots kambodschanischer Holocaust oder die ethnischen Säuberungen in Ruanda und Bosnien.

Kurzum, was hat die Amerikaner dazu gebracht, sich mit dem Holocaust zu identifizieren? Die Antwort ist meiner Meinung nach so offensichtlich,

---

2 Die Sekundärliteratur zu diesen Themen ist umfangreich. Zu den Holocaust-Gedenkstätten siehe James Young, *Mahnmale des Holocaust*. München: Prestel 1994; Jeffrey Shandler legt in *While America Watches* (New York: Oxford University Press 1999) neues Material vor zur Holocaust-Rezeption im amerikanischen Mainstream durch die Fernsehprogramme der fünfziger und sechziger Jahre. Siehe auch Judith Doneson, *The Holocaust in American Film* (Philadelphia: Jewish Publication Society 1987) und Ilan Avisar, *Screening the Holocaust* (Bloomington: Indiana University Press 1988).

daß sie leicht übersehen werden kann: wegen der Familien, wegen der Kinder. Der Holocaust war eine eigentümlich »häusliche« Tragödie. In Wohnungen wurde eingedrungen, ganze Familien wurden zusammengetrieben und in die Lager geschickt, Frauen und Kinder ermordet. Für viele Amerikaner, die wenig über europäische Geschichte wußten und wenig Interesse daran hatten, hatte die Wehrlosigkeit der Opfer des Holocaust – die besonders und am bewegendsten an den verfolgten und ermordeten Kindern sichtbar wurde – den großen Vorteil, das Labyrinth historischer Fakten, verwirrender geographischer Schauplätze und konkurrierender Ideologien hinter sich lassen zu können. Der Holocaust, der anscheinend Geschichte zu transzendieren vermag, gerade wenn er die furchtbarste historische Wirklichkeit bestätigt, lenkt den menschlichsten Teil unserer selbst auf sich: unsere Kindheitserinnerungen, unsere Identität als Eltern, als Schwestern und Brüder.

Paradoxerweise hat die Tatsache, daß die Nazis sogar Kinder verfolgten, diese in den Rang historischer Protagonisten erhoben. Bei den meisten welterschütternden historischen Ereignissen sind die Kinder gewöhnlich Zuschauer und gelegentliche Opfer. Nicht so beim Holocaust. Auf jedem Abschnitt des Weges – Verfolgung, Gefangennahme und Ermordung – sind sie zugegen. Manchmal erledigen sie wichtige Aufgaben, bringen Botschaften, verstecken kompromittierende Dokumente, bringen heimlich Juwelen oder Geld in Sicherheit. Sie erleben alles mit, und nichts bleibt ihnen erspart – nicht die kleinlichen gesellschaftlichen Diskriminierungen, nicht die Transporte, nicht die Öfen. Romanciers, Filmemacher und Politiker können sich darauf verlassen, daß der auf seinen »häuslichen« Kern reduzierte Holocaust eine Saite tief in unserer Brust anschlägt. Daraus entspringt die Macht des Holocaust als Erzählung.

Man vergleiche diese Sicht des Holocaust mit der von Hitlers Ideologen und Nazifunktionären, die ebendiese Seite ihrer Politik vor der deutschen Öffentlichkeit zu verbergen trachteten. Sie drangen nachts in die Wohnungen ein, stellten die Transporte vor Tagesanbruch zusammen, sonderten die Gefangenen in geschlossenen Viehwaggons und abgelegenen Strafanstalten von der Bevölkerung ab und errichteten den Großteil der Todeslager außerhalb Deutschlands. Die Nazipropaganda stellte die Juden fast immer als bedrohliche erwachsene Männer dar, nicht als Kinder. Sie trugen Bärte, hatten Hakennasen und die überbetonten Gesichtszüge alter Menschen, sie warfen lüsterne Blicke. In diesen Karikaturen traten die jüdischen Männer beruflich und politisch als Subjekte auf: als skrupellose Börsenmakler, Rechtsanwälte und Händler, die hilflose Deutsche um ihre hartverdienten Ersparnisse brachten, als revolutionäre Fanatiker und internationale Verschwörer, die die politische Stabilität in Deutschland bedrohten, als feige Soldaten und verschwörerische Diplomaten, die im Ersten Weltkrieg das Vaterland an den Feind verrieten, als abartige, degenerierte Träger von Krankheit und moralischer Verderbtheit. Kinder konnten selbstverständlich nicht mit denselben bedrohlichen Zügen ausgestattet werden.

Der Vergleich dieser kontrastierenden Sichtweisen bedeutet freilich nicht, daß sie als gleichermaßen einseitige Realitätsversionen gleichgesetzt werden sollten, wobei dann die Wahrheit irgendwo in der Mittel läge. Die von den Nazis verübte Verletzung der häuslichen Sphäre war nur allzu sichtbar, und das Versäumnis der Deutschen, ihren jüdischen Nachbarn, Kollegen und Schulkameraden zu Hilfe zu kommen, ist eine Tragödie, die immer noch weltweite Empörung auslöst und das Gewissen der deutschen Nation noch drei Generationen später belastet. Außerdem war die »Häuslichkeit« der Holocaust-Opfer zum Teil Resultat der genozidalen Politik der Nazis selbst, die die Juden zunehmend aus dem öffentlichen Leben verbannte, sie ihres Geldes und ihrer Pässe beraubte und sie auf den Familien- oder Gemeindebereich beschränkte, wodurch sie systematisch aus dem Berufsleben entfernt und infantilisiert wurden. Die Darstellung des Holocaust als einer »Familien«-Tragödie entspringt demgegenüber einer grundsätzlichen Bereitschaft, die Opfer existentiell anzuerkennen, nicht nur als historische und politische Subjekte, sondern als verletzliche, leidende Menschen. Das geht oft einher mit einer tiefverwurzelten Solidarität, einem Akt der Trauer oder einem Gedenken an die Toten.

Es dauerte dennoch lange Zeit, bis die Mehrheit der erwachsenen Amerikaner ein Mitgefühl entwickelte, wie es inzwischen selbst Zweitkläßlern selbstverständlich erscheint. Direkt nach dem Krieg zeigten die meisten nichtjüdischen Amerikaner wenig Neigung, sich emotional auf Hitlers Opfer einzulassen. Erst nachdem etliche populäre Inszenierungen der Tragödie ihren »Familien«-Aspekt betont hatten, begann die eigentümliche Kraft des Holocaust als Erzählung das amerikanische Publikum in seiner Gesamtheit zu ergreifen. Und ohne das Leid der Kinder wäre der Holocaust nie zu einer »amerikanischen Erinnerung« geworden.

Es begann bekanntlich alles mit Anne Franks Tagebuch, das in englischer Übersetzung zuerst 1952 erschien und woraus dann ein erfolgreiches Broadwaydrama (1956) und ein Hollywoodfilm (1959) wurde. »Die Wirkung des Tagebuchs«, schreibt Alan Mintz, »bestand in seiner Fähigkeit, ... eine Brücke der Empathie, der Identifizierung gar zwischen dem Schicksal der europäischen Juden und den durchschnittlichen amerikanischen Lesern zu schlagen, die keine ethischen oder religiösen Bindungen an die Opfer hatten und oft auch keinerlei Kenntnisse des historischen Geschehens selbst«. Annes Identität als Kind oder Heranwachsende (sie war bei Ausbruch des Krieges neun Jahre alt, zwölf als sie und ihre Familie sich in dem »Hinterhaus« versteckten) war entscheidend für die Vermittlung des Geschehens an das Publikum des amerikanischen Mainstream. Auch endet das Tagebuch mit der Verhaftung und zieht so einen diskreten Schleier vor die Schrecken der realen Todeslager und macht die Geschichte erwachsenen wie jugendlichen Lesern zugänglich.

Der junge Erzähler in Elie Wiesels Lebenserinnerungen war ein zweiter wichtiger Vermittler, der seine Leser auf eine weitaus anspruchsvollere emotionale Reise von einem überwiegend jüdisch-orthodoxen Dorf in Transsylvanien zu den Todeslagern selbst mitnahm. Die Lebenserinnerungen wurden zuerst 1958 in französischer Sprache veröffentlicht, als Wiesel Journalist in Paris war, zwei Jahre später erschien eine englische Übersetzung und gewann schnell an Bedeutung. Trotz der Schwierigkeiten, die *Night* einer populären Rezeption bereitete – die Schilderungen des chassidischen Judentums blieben vielen Lesern fremd, und die Darstellung der Greuel des Lagers war für die Zeit schockierend direkt –, erwies sich Wiesels gradlinig erzählte Geschichte eines Kindes und seiner Familie, die in die Todesmaschinerie von Auschwitz geraten sind, als unwiderstehlich wirkungsvoll. Die auktoriale Perspektive dieses »Kind«-Zeugen ist so natürlich und zu Wiesels eigener Lebensgeschichte passend, daß man leicht ihre Bedeutung übersehen kann. Obwohl er schon fast sechzehn war, als er nach Auschwitz kam, bezeichnet Wiesel sich selber wiederholt nicht als einen Heranwachsenden oder Jugendlichen, sondern als ein »Kind« – eine Wortwahl, die symbolisch seine damalige Hilflosigkeit zum Ausdruck bringt.

Das *Anne Frank Tagebuch* und *Night* waren nicht die einzigen kommerziell erfolgreichen Bearbeitungen des Holocaust in den ersten beiden Nachkriegsjahrzehnten, und Kinder waren natürlich nicht die einzigen Opfer, deren grauenvolles Schicksal Mitleid und Empathie beim Publikum des amerikanischen Mainstream erregen konnte. Viele andere Faktoren trugen dazu bei, daß der Holocaust in den folgenden Jahrzehnten von immer mehr Menschen wahrgenommen wurde: der Statusgewinn der jüdischen Amerikaner, die elektrisierende Wirkung der Bürgerrechtsbewegung auf die jüdische Selbstakzeptanz, das Mündigwerden der nach dem Krieg geborenen Juden, für die die Holocaust-Erfahrungen ihrer Eltern ein wichtiger Teil ihrer eigenen Identität wurden. Aber wie Christopher Lasch erkannte, war es die Verbreitung des Opferkults und der Konzentration aufs Überleben – »ein charakteristisches Merkmal amerikanischer Kultur seit den frühen siebziger Jahren« –, die Auschwitz zu einem Bild der »modernen Malaise« machte.[3] Die Verbindung zwischen den Opfern des Holocaust und den Opfern von Kindesmißhandlung fehlte weitgehend in den fünfziger und sechziger Jahren, kam aber in den Siebzigern zum Vorschein, als Pädophilie und der sexuelle Mißbrauch von Kindern überall im Lande zu heftigen Kontroversen führten. Die Stiftung »Prevent Child Abuse America« wurde 1972 gegründet, und der Kongreß richtete 1974 das »National Clearinghouse on Child Abuse and Neglect Information« ein, in ebenden Jahren also, in denen die Holocaust-Erinnerung in der amerikanischen Populärkultur einen dramatischen Aufschwung nahm.

Die Kopplung von Naziverbrechen mit dem sexuellen Mißbrauch von Kindern war ein konstanter, wenn auch selten bemerkter Bestandteil des amerikanischen Holocaust-Bewußtseins, teilweise deshalb, weil die populären Fernseh- und Filmdarstellungen diese Verbindung gerade noch unter der Oberfläche hielten. Wenn aber, wie Susan Sontag bemerkte, die Subkultur der Homosexuellen in den siebziger Jahren unentwegt Nazisymbole in erotische Fetische verwandelte, verstanden es die populären Unterhaltungsmedien ebenfalls, den Holocaust auf eine subtile Weise zu sexualisieren, wo-

---

[3] Christopher Lasch, *The Minimal Self. Psychic Survival in Troubled Times*. New York: Norton 1984.

bei die Ängste und Verwundbarkeiten der amerikanischen Mittelschichten angesprochen wurden.[4] *Holocaust* bot Unterhaltung der spezifisch amerikanischen Art für die ganze Familie. Es brachte nicht nur zum erstenmal das Thema Naziverbrechen in die Wohnzimmer von Millionen amerikanischer Familien, es zeigte auch in der Hauptrolle eine assimilierte deutsch-jüdische Familie, die kaum von einer entsprechenden amerikanischen Familie aus der Mittelklasse zu unterscheiden war. Klavierstunden und Sport statt koscherer Mahlzeiten und religiöser Rituale stehen im Zentrum dieses Familienlebens, das zerstört wird. Diese Fernsehserie mit dem Untertitel *Die Geschichte der Familie Weiss* beginnt mit dem Bild einer brennenden Synagoge, um die Vernichtung dieser Familie zu veranschaulichen. Aber dieses Gebäude hat wenig Ähnlichkeit mit einer europäischen Synagoge: Es steht mitten auf einem großen Feld und wirkt wie ein amerikanisches Farmhaus auf der Prärie. Es versteht sich von selbst, daß die Schauspieler größtenteils die vertrauten typischen Amerikaner sind mit perfektem Akzent, wodurch auf subtile Weise die Vorstellung bestätigt wird, daß diese Holocaust-Opfer alle Teil einer großen amerikanischen Familie sind. Nur ein einziges Mal zeigt die Serie direkte Gewalt gegen die Familie Weiss: Wenn Anne, die jüngste Tochter, von drei Betrunkenen – zwei tragen Naziuniform – vergewaltigt wird, sieht man eine Hand an ihrer Kehle, ihren um Verschonung flehenden Mund. Solche Vergewaltigungen hat es unzweifelhaft gegeben, doch für den Holocaust sind sie nicht gerade spezifisch. Aber diese Form der Gewalt – betrunkene Männer, schutzlose Mädchen – hatte großen Erkennungswert für die amerikanische Durchschnittsfamilie.

Wenige Künstler haben den Finger am Puls des amerikanischen Publikums wie der Filmregisseur Steven Spielberg, ein erklärter Fürsprecher der Kinder und ihrer Weise der Wirklichkeitswahrnehmung. Seine Filme sind populär, weil sie die Kinder ansprechen – und das »innere Kind« in vielen Erwachsenen. So überrascht nicht, daß er das filmische Potential des Holocaust erkannte und es schon lange vor *Schindlers Liste* in den drei *Indiana Jones*-Abenteuerfilmen zu verwerten begann. Das Buch *Schindlers Liste* hielten viele seiner Leser zunächst für eine ziemlich ungeeignete Vorlage für die Art von optimistischen, verblüffenden Abenteuergeschichten, wie sie für

---

4 In ihrem Essay *Faszinierender Faschismus* (1974, deutsch 1983) analysiert Sontag den Gebrauch von Naziuniformen und -insignien bei sadomasochistischen Praktiken als eine besonders überzeugende Variante der Dialektik von Herr und Knecht. Im selben Jahr findet sich bei der italienischen Filmregisseurin Liliana Cavani ein ähnlicher Gebrauch (und Mißbrauch) des Holocaust in *Der Nachtportier*, wie ja auch Luchino Visconti aus dem Fundus der Nazihomosexualität geschöpft hatte, um eine sexualisierte (»faszinierende«) Mischung moralischer und politischer Dekadenz in seinem Film *Die Verdammten* (1969) heraufzubeschwören. Das sind nur zwei – extrem ästhetisierende und intellektualisierte – Beispiele des zweifelhaften Genres europäischer »Nazi-Porno«-Filme, das in den siebziger Jahren vor allem in Italien entstand. Autoren und Filmemacher der amerikanischen Mehrheitskultur erkannten ebenfalls den erzählerischen Auftrieb, der sich aus der Kopplung von Holocaust und Sex gewinnen ließ. Ein gutes Beispiel dafür ist Stephen Kings Roman *Apt Pupil* (1983; eine Filmfassung erschien 1998).

Spielberg charakteristisch sind. Es handelt nicht in erster Linie von Kindern, und Spielbergs Wahl dieses »erwachsenen« Themas wurde denn auch von Kritikern als ein bedeutsamer Wendepunkt in seiner künstlerischen Laufbahn gelobt. Sein dreistündiger Film ist in einem halbdokumentarischen Stil in Schwarzweiß gedreht, und seine Darstellung der Gewalt, der Grausamkeit und der leidenden Opfer (die oft völlig nackt gezeigt werden) ist selbst für abgehärtete Erwachsene schwer zu ertragen. Jugendliche unter 17 Jahren konnten den Film nur in Begleitung Erwachsener sehen. Jedoch weiß jeder, der den Film kennt, daß Spielberg sein engagiertes Eintreten für die Kinder oder ihre spezielle Sichtweise nicht aufgegeben hatte.

In einer entscheidenden Szene gegen Ende des Films wird der Zug, der Frauen und Kinder zur Arbeit in Schindlers Fabrik in der Tschechoslowakei bringen soll, versehentlich nach Auschwitz zurückgeschickt. Schindler begibt sich sofort dorthin, um sie vor dem sicheren Tod zu retten, und insistiert einem mißtrauischen Wachtposten gegenüber auf den besonderen Fähigkeiten der Kinder. »Die gehören mir«, schreit er, das seien gelernte Munitionsarbeiter. Dann nimmt er die Hand eines kleinen Mädchens, stößt sie dem Wachtposten ins Gesicht und erklärt: »Ihre Finger polieren die Innenseiten der Granathülsen.« Die Zurschaustellung dieser »kleinen Hände« gehört zu den emotionalen Höhepunkten des Films, unmittelbar vor der Flucht von Schindlers Juden aus Polen in die Sicherheit seiner Fabrik in der Tschechoslowakei. Wieder mit seiner Frau vereint, wird er von den geretteten Juden mit einem Goldring geehrt, den sie gemacht haben. Er bricht zusammen und fällt zu Boden, um die Juden weinend, die er *nicht* gerettet hat, während seine »Kinder« sich um ihn versammeln, um ihn zu trösten. Eben in diesem Augenblick, als er am Boden liegt und klagt, gewinnt dieser außergewöhnliche Deutsche seine heroischste und menschlichste Größe als der geistige Vater, der diesen Exodus aus der Hölle angeführt hat.

Daß Kinder und ihre Sichtweise eine wichtige Rolle bei der populären Verbreitung des Holocaust-Bewußtseins in Amerika gespielt haben, besonders in der Fernseh- und Kinounterhaltung, ist wohl nicht allzu überraschend. Wir dürfen schließlich von Hollywood keinen seriösen Geschichtsunterricht erwarten. Es überrascht und beunruhigt jedoch, dieselbe Vorgehensweise an Orten zu finden, die behaupten, eine autoritative Darstellung des Holocaust zu geben. Aber in den Lehrplänen von Schulen, in Dokumentarfilmen, Gedenkstätten und Museen wird oft spannenden, visuell intensivierten »Geschichten« der Vorrang vor seriöser Geschichtsdarstellung gegeben, während eine sorgfältige Kontextualisierung von deutschem Antisemitismus und europäischen Juden ersetzt wird durch moralische Lektionen über religiöse Toleranz und Respekt für »Alterität«. Und das Schicksal der Kinder und Familien, das sich als roter Faden durch all diese Erziehungsanstrengungen zieht, sorgt für eine emotionale, spontane Reaktion.

Das Holocaust Museum in Washington bietet ein schlagendes Beispiel für diese Tendenz. Bei ihren Bemühungen, eine Ausstellung zu schaffen, die als historisches Beweismaterial gegen Holocaust-Leugner dienen sollte, bekannten sich die Museumsplaner zu »einem fast fanatischen Engagement für die historische Wahrheit«.[5] Der geringste Zweifel an der Genauigkeit irgendeines Faktums oder der Authentizität irgendeines Objekts führte zu deren sofortiger Disqualifizierung, da »jeglicher Fehler das Museum kritischen Angriffen auf seine historische Zuverlässigkeit ausgesetzt« hätte – dieser Anspruch wurde dadurch noch relevanter, daß das Museum der Nation nun allgemein als offizielle Quelle der Wahrheit über den Holocaust gilt. Zwar räumen die Museumsplaner ein, daß »es so etwas wie eine objektive Geschichtsschreibung nicht gibt« und Holocaust-Forscher noch in vielen Punkten uneinig sind; sie bestehen aber darauf, daß »die tatsächliche Folge der Ereignisse nun weitgehend als gesichert gelten kann« und »es allenfalls eine marginale Kontroverse über die genaue Zahl der Opfer« gibt.

Diese Vorstellung einer »objektiven« Darstellung eines historischen Ereignisses, das so komplex und umfassend ist wie der Holocaust, ist nicht nur theoretisch naiv, sondern widerspricht auch direkt der von den Planern verkündeten Absicht, ein »lebensnahes« oder »narratives« Museum zu schaffen, dessen Hauptaufgabe darin bestehe, »die mentalen und moralischen Einstellungen der Besucher zu beeinflussen und zu verändern«. Anders als traditionelle Museen, die eine Sammlung von Objekten präsentieren, war das United States Holocaust Museum bewußt um eine »Geschichte« oder »Handlung« herum organisiert worden, die von den Besuchern verlangt, sich emotional mit den Opfern zu identifizieren. »Die emotionale Wirkung der Erzählung in der Museumsausstellung läßt sich mit der Erzählung in Romanen, Dramen oder Spielfilmen vergleichen. Indem wir von der Handlung gefesselt sind, uns selber in sie hineinversetzen, uns mit ihren Helden identifizieren und Wut auf deren böse Widersacher bei uns aufkommt, sind wir emotional betroffen. Diese emotionale Betroffenheit öffnet uns dem erzieherischem Einfluß«. Man beachte auch, daß die Besucher »nicht nach Belieben ihren eigenen Weg durch das Museum wählen können, sowenig sie ihren eigenen Weg zwischen den Szenen eines Dramas oder eines Films wählen können«. Weniger nachsichtig formuliert, könnte man diese obligatorische Route mit der von Disneyland-Attraktionen vergleichen, wo die Besucher durch einen Tunnel von Requisiten, Bildern und Tönen geführt werden.

Der Vergleich mit Filmen und Freizeitparks ist alles andere als salopp. Als das Museumskomitee Jeshajahu Weinberg zum Museumsdirektor wählte, waren viele Mitglieder besorgt, daß seine Vorgehensweise das Museum »zu disneyartig« machen würde. Nachdem er zuvor als Theaterregisseur in Tel Aviv gearbeitet und zwei »geschichtenerzählende« Museen in Israel kreiert hatte, wollte er das Museum in Washington zu einer »Holocaust-Fibel« machen, zu einem »heißen« Museum, das »im Herzen des Besuchers Gefühle emotionaler Identifizierung mit den Opfern auslösen« und ihn dazu veranlassen sollte, über die »moralischen Implikationen« der ausgestellten historischen Materialien nachzudenken. Das Museum sollte eine »Übung in visueller Geschichtsschreibung« sein, erläuterte er dem Komitee, was zugegebe-

---

5 Jeshajahu Weinberg/Rina Elieli, *The Holocaust Museum in Washington*. New York: Rizzoli 1995.

nermaßen eine »krude Ausdrucksweise« voraussetzte, »die nicht subtil sein kann«. Deshalb verschmähte Weinberg traditionelle Kuratoren zugunsten des Dokumentarfilmers Martin Smith und des Experten für materielle Kultur, Ralph Appelbaum, die beide »die Welt in derselben Weise sahen … als Geschichtenerzähler«.

Das Museum sah sein erklärtes Ziel, die ganze Wahrheit über den Holocaust zu präsentieren, auch durch folgendes Problem gefährdet: Wieviel Schrecken konnte man den Besuchern zumuten? Linenthal erzählt in seinem Bericht über die Planungsstadien, daß eine ständige Spannung bestand zwischen dem pädagogischen Auftrag des Museums und einer akzeptablen Präsentierung des Schreckens, wobei die eine Seite auf kompromißloser historischer Dokumentation bestand, während die andere die Notwendigkeit betonte, das Museum für das breite amerikanische Publikum »attraktiv« zu machen. »Der Auftrag des Museums bestand darin, den Leuten Unterricht über den Holocaust zu erteilen und sie zu besseren Staatsbürgern zu machen; da jedoch das Publikum den *Wunsch* haben mußte, das Museum zu besuchen, hielt dieses es für notwendig, ein Gleichgewicht zwischen dem Erträglichen und dem Unerträglichen zu finden«. Martin Smith, der Direktor der Ausstellungsabteilung, meinte, daß das Museum mit seiner Dokumentation »qualvoll für die Leute sein« müßte und daß jeder Versuch, die Geschichte zu glätten, sie daran hindern würde, »sich intensiv darauf einzulassen«. Andere, darunter Weinberg, bestanden darauf, den Schrecken zu mildern, so daß das Museum auch noch für Besucher aus der konservativen amerikanischen Mittelschicht – die »Farmerfamilie aus Iowa« »spielen« könnte. Weinberg wandte sich insbesondere dagegen, daß Genitalien oder nackte Menschen direkt gezeigt würden: Man könne die amerikanischen Mittelschichten nicht mit der vollen, ungeschminkten Wahrheit konfrontieren. Das entscheidende Wort war »Familie« – was würden erwachsene Besucher in Anwesenheit ihrer Kinder zu tolerieren bereit sein?

Kinder stellten also ein ganz besonderes Dilemma für das Holocaust Museum dar, aber sie ermöglichten auch eine brillante Lösung. Denn die große Zahl der Kinder unter den Besuchern bot dem Museum nicht nur eine Rechtfertigung dafür, eine abgemilderte Version der historischen Ereignisse zu präsentieren, sie lieferten auch die »heiße« Geschichte, nach der Weinberg gesucht hatte: die Geschichte von den unschuldigen Kinderopfern und den bösen Nazis. Dieses Thema wird zum erstenmal ausgeführt in der ausdrücklich für Kinder entworfenen Ausstellung im Erdgeschoß mit dem Titel »Erinnere dich an die Kinder: Daniels Story«. Mit Filmclips und Stimmenmitschnitten in einem abgedunkelten Raum erzählt die Ausstellung die Leiden einer »typischen« deutsch-jüdischen Familie in den verschiedenen Stadien der Verfolgung und Ermordung. Die Geschichte wird von einem fiktiven elf Jahre alten Jungen namens Daniel so erzählt, daß alle Kinder dazu einen Bezug finden können: »Bist du jemals für etwas bestraft worden, was du nicht getan hast?« fragt er. »Bei uns war das so.« Am Ende des Gangs durch häusliche Innenräume, die beruhigenderweise eher an amerikanische als an deutsche Wohnräume erinnern, hören die Besucher wieder »Daniels«

Stimme: »Mehr als anderthalb Millionen Kinder sind gestorben. Als ob acht Jahre lang jeden Tag eine ganze Schule verschwinden würde. Millionen von Erwachsenen sind auch gestorben. Menschen wie du und ich. Darum wird es Holocaust genannt. Erinnere dich an die Kinder. Erinnere dich an meine Geschichte.« Die Ausstellung im Erdgeschoß, die zahlreiche Kinder und Erwachsene anzieht, ist ein großer Erfolg. Bänke zum Nachdenken erwarten die Besucher am Ausgang, und es gibt einen Postkasten für Briefe, die die Kinder an »Daniel« schicken können.

Während die Ausstellung »Daniels Geschichte« den Holocaust auf eine schlichte personalisierte Erzählung reduziert (der Zweite Weltkrieg wird zum Beispiel nicht erwähnt) und worin die Erwachsenen nur als Komparsen im Dienste der eigentlichen Stars auftreten (»Erwachsene sind auch gestorben«), ist die Dauerausstellung in den oberen Stockwerken ernsthaft bemüht, die historische Realität Nazideutschlands zu dokumentieren und zu kontextualisieren. Dennoch wird die Holocaust-Version der Kinder in mehreren entscheidenden Punkten auch auf diese Ausstellung übertragen. Die Opfer werden zum erstenmal auf einer Wand von Monitoren vorgestellt, die Videoclips von Juden in aller Welt zeigen. Einige wenige jüdische Männer mit Bärten sind zu sehen, aber auf all den anderen Clips stellen Kinder die überwältigende Mehrzahl der Personen. Oft zeigt eine Kamera die Nahaufnahme eines Kindergesichts und fährt dann zurück, um das Kind als umgeben von einer Gruppe Erwachsener sichtbar werden zu lassen. Ein Kurzfilm über Antisemitismus am Anfang der Ausstellung endet mit den Worten: »sechs Millionen Juden – das sind einige von ihnen«. Dann sieht der Betrachter eine Serie von elf Fotos, *alle* von Kindern.

Diese Unausgewogenheit zieht sich durch die ganze Ausstellung. Wir sehen zwei verängstigte, etwa acht Jahre alte Brüder, die dabei sind, in den Zug für den Transport einzusteigen, Lehrer, die Kinder zu den Gaskammern führen, eine alte Frau, die ein Kind wiegt, das sie seiner Mutter weggenommen hat, den Kopf eines nackten kleinen Mädchens, der von einem Arzt vermessen wird, um so Nazitheorien über Rassenphysiognomie zu beweisen. Das Original der vom Kommandanten von Auschwitz, Rudolf Höß, unterzeichneten eidesstattlichen Erklärung, daß in diesem Lager zwei Millionen Insassen vergast worden sind, ist dem Foto dreier Erwachsener beigefügt, die hastig mit acht Kindern am Betrachter vorbeieilen.

Dieser einseitige Blick wäre völlig legitim, wenn es sich um Situationen handelte, in denen Kinder in unverhältnismäßig großer Zahl Ziel der Verfolgung waren (wie bei der Selektion in Auschwitz, wo die Kinder, die zu schwach zum Arbeiten waren, direkt in die Gaskammern geschickt wurden). Aber Kinder stehen auch dann auffällig oft im Vordergrund, wenn sie nur eine Minderheit der Opfer darstellten. In der Abteilung über die Roma und Sinti gibt es zum Beispiel nicht ein einziges Bild eines Erwachsenen, nur solche von Kindern, und während »authentische« Ausstellungsobjekte wie das Kleid einer Roma oder eine einzelne Geige auf einem hölzernen Karren eindrucksvoll eine unheimliche Abwesenheit beschwören, lassen sie doch die erwachsenen Besitzer dieser Objekte unsichtbar. Die Abteilung über das Euthanasieprogramm der Nazis, wodurch etwa 85 000 geistig und körperlich behinderte Menschen umgebracht wurden, zeigt ebenfalls ausschließlich Kinder, obwohl Kinder weniger als sechs Prozent der Opfer ausmachten. Fotos von Anne Frank finden sich erwartungsgemäß im Museum, aber auch die Abteilung über den jüdischen Widerstand konzentriert sich auf dessen jugendliche Anführer. Und in der kleinen Abteilung über den deutschen Widerstand beschlossen die Museumsplaner, die Offiziere, die im Juli 1944 ein Attentat auf Hitler verübten, überhaupt nicht zu erwähnen und widmeten statt dessen eine ganze Sektion der Weißen Rose, der »heroischen Gruppe idealistischer Studenten« in München.

Die kleine Abteilung über die homosexuellen Opfer Hitlers, die sich nicht leicht in diese Erzählung von Kindern und Familien »wie wir« einfügen ließen, bietet ein auffallendes, aber isoliertes Gegenbeispiel. Die deutschen Kommunisten und Sozialisten, die Hitlers erste Opfer waren, werden im Museumskatalog überhaupt nicht erwähnt, in dem nur von »politischen Dissidenten« die Rede ist – zweifellos, weil das Bild des kommunistischen Widerstandes die politische Erzählung des Museums von der gegen das Böse des Nazismus kämpfenden amerikanischen Freiheit verkompliziert hätte. Aber man kann sich des Gedankens nicht erwehren, daß die Museumsplaner, hätten sie die Existenz von »Kinderkommunisten« dokumentieren können, versucht gewesen wären, sie mit in die Ausstellung aufzunehmen. Gegen Ende der Hauptausstellung scheint die gesamte Geschichte des Holocaust auf diese Konfrontation von Kinderopfern und erwachsenen Tätern reduziert zu sein. Einer der letzten Korridore zeigt farbenfreudige Bilder und Bastelarbeiten der Kinder von Theresienstadt unter der Überschrift »Die Kinder des Holocaust«; auf der gegenüberliegenden Wand sehen wir eine Reihe von Fotos mit dem schlichten Titel »Die Mörder« – Bilder in schwarzweiß von teilnahmslosen Nazigrößen vor Gericht.

Wie steht es also jetzt mit der amerikanische Holocaust-Erinnerung? Die obigen Beispiele konzentrierten sich auf die Rolle von Familien und Kindern in verschiedenen Holocaust-Darstellungen und ließen die Frage nach deren Rezeption außer acht. Aber der vor kurzem gedrehte Dokumentarfilm *Paper Clips* (er kam im November 2004 in die Kinos) erlaubt uns einen Blick darauf, wie manche Amerikaner sich des Holocaust bedient haben, um ihrem Leben einen Sinn zu geben. Diese »wahre Geschichte« sollte uns allerdings nachdenklich stimmen. In einschlägigen Werbebroschüren von Miramax Films als die »bewegende Geschichte dieser Studenten und ihrer gefühlvollen Reise durch die Schrecken und Tragödien des Holocaust« vorgestellt, begann das *Paper Clip Project* 1998, als eine Gruppe von Kindern und Lehrern der fünften bis achten Klasse in Whitwell, Tennessee, sich mit den Vorurteilen und der fehlenden Diversität in ihrer Gemeinde zu beschäftigen begann. »Wenn wir uns mit dem Holocaust befassen würden«, erklärte die weißhaarige, würdige Rektorin der Schule, »könnten wir eine ganze Menge über das Böse lernen, über eine ganze fremde Kultur.« Aber die Kinder geben es bald auf, sich mit den religiösen und kulturellen Differenzen zu befassen und bemühen sich statt dessen darum, die »Erfahrung« der ungeheuren Zahl der jüdischen Opfer zu machen, indem sie sechs Millionen Büroklammern sammeln (daß die Norweger während des Krieges Büroklammern am Revers befestigten, um gegen die Naziokkupation zu protestieren, hatte sie darauf gebracht). Sie fingen an, Briefe an Freunde, Verwandte, Politiker und Berühmtheiten zu schreiben, und innerhalb eines Jahres erhielten sie Spenden von mehreren hunderttausend Büroklammern.

Hier hätte das Projekt zum Stillstand kommen können, wenn nicht zwei deutsche Journalisten von der Initiative der Kinder erfahren und begonnen hätten, sie publik zu machen. Im April 2001 erschien ein lobender Artikel darüber in der *Washington Post*, Berichte von NBC und CNN folgten, und bald wimmelte es in Whitwell von Journalisten und Kamerateams. Politiker – einschließlich der früheren Präsidenten Bush und Clinton – und Berühmtheiten wie Tom Hanks, Bill Cosby und Steven Spielberg stiegen in die Sache ein, und es dauerte nicht lange, bis so viele Büroklammern eintrafen, daß die Schule nicht mehr wußte, wohin damit. Die Schüler sammelten schließlich fast dreißig Millionen Büroklammern, wovon elf Millionen in einem »authentischen« Güterwagen aus Deutschland deponiert wurden, der für die Judentransporte benutzt worden war, und so wurde eine Museumsgedenkstätte geschaffen. Sie wurde am 9. November 2001 eingeweiht, dem Jahrestag der Kristallnacht. Jüdische Kinder wurden von Atlanta nach Whitwell gebracht, um das Kaddisch-Gebet zu sprechen, während die christlichen Kinder inspirierende Kirchenlieder sangen.

Die Projektteilnehmer wie die Filmemacher sahen die Bedeutung des Projekts von Anfang an in einer multikulturellen Feier von Unterschieden und Toleranz. Jüdisch-orthodoxe Förderer des Projekts waren gerührt, daß christliche Kinder mit dem Projekt begonnen hatten – »ohne irgendein anderes Ziel, als Gutes zu tun. Wie sollte einen das nicht rühren.« Wie ein Vizepräsident von Miramax erklärte, sei das »Schöne an dem Film, daß er nicht nur ein Denkmal ist für diejenigen, die im Holocaust starben. Er ist eine Feier der Toleranz, des gegenseitigen Respekts, des Stolzes, des Engagements, des staatlichen Schulsystems – von allem, was gut an Amerika ist und worüber man nicht genug hört.«

Obwohl der Film gerade erst in die Kinos gekommen ist, hat er bereits eine Reihe bedeutender Auszeichnungen erhalten. Das Projekt, das von Anfang an nachdrückliche deutsche Unterstützung fand, ist bereits auf Tournee gegangen und hat siebzehn Schulen in der Region Berlin besucht. Ob der Film in den USA oder Europa ein großer Erfolg wird, bleibt abzuwarten. »Ich habe noch nie einen solchen Film gemacht«, sagt Joe Fab, »er hat die Art und Weise verändert, wie ich über meine Frau, meine Kinder, meine Enkelkinder denke.« Der Lehrer David Smith stimmt ihm zu: »Die Filmemacher waren die ganze Zeit mit uns zusammen; sie sind zu uns nach Hause gekommen und wir haben gemeinsam gegessen. Sie gehören jetzt gleichsam zu unserer Familie.«

Das Problem bei dieser Feier der Toleranz und der Familienwerte liegt darin, daß sie auf dem beruht, was man »Nullkosten-Multikulturalismus« nennen könnte – es schafft die Illusion moralischer Besserung, ohne zu fordern, daß sich irgend etwas oder irgend jemand tatsächlich ändert. Es ist eine Sache für die konservativen Südstaatler-Baptisten in Whitwell, einen Augenblick emotionaler Gemeinsamkeit mit älteren Holocaust-Überlebenden zu erleben oder ein paar Monate lang mit jüdischen Filmemachern und -produzenten zusammenzuarbeiten. Aber was würde geschehen, wenn sie in enger Nachbarschaft mit einer größeren jüdischen Gemeinde leben müßten, die vielleicht strengere Waffengesetze und das Recht auf Abtreibung unterstützten, gegen die Todesstrafe und gegen Schulunterricht in Evolutionslehre nach Maßgabe der Bibel wären? Sich mit Juden zu identifizieren, die vor sechzig Jahren in einem fremden Land gestorben sind, ist ein risikoloses Unterfangen – keine Gemeinde lebendiger Juden bedroht gegenwärtig Whitwells religiöse und ethnische Homogenität. Im Hinblick darauf drängt sich jedoch die Frage auf, warum die Schüler, wenn das Projekt dazu dienen sollte, die mangelnde Vielfalt an der Schule zu thematisieren, nicht beschlossen, sich über den Ku-Klux-Klan zu informieren (der in der Nähe von Whitwell gegründet worden war), statt über den Holocaust, oder warum die Filmemacher nicht einen einzigen der fünf schwarzen Schüler zu seiner Einschätzung von Rassismus und Vorurteil in der heutigen Zeit interviewten. Ob sie den Enthusiasmus der weißen Kinder für das Projekt teilten?

Letztlich geht es bei der Gedenkstätte der Kinder von Whitwell mehr um amerikanische Werte und amerikanische Kinder als um die jüdischen Toten. Ein Schüler sagt, durch die Gedenkstätte »wurde mir klar, das nächste Mal, wenn ich den Treueid auf die amerikanische Flagge schwöre, werde ich daran denken, wie froh ich bin, daß das ein freies Land ist und ich das Recht habe, zu tun und zu sagen, was ich fühle«. In ihrer Eröffnungsrede bei der Einweihung der Gedenkstätte erzählt uns die Rektorin der Schule, wie dankbar sie ist, »in den Vereinigten Staaten von Amerika zu leben. Ich liebe diese Stadt, die Kinder.« Fügt man diesem patriotischen Loblied noch eine christliche Allegorie der Wiedergeburt durch liebevolle Kinder hinzu, ist die Botschaft des Films komplett. Die ermordeten Juden seien in Deutschland oder Österreich niemals angemessen bestattet worden, erfahren wir aus der Schlußsequenz des Films, aber »nun sind sie nach Hause gekommen«, sie haben ihre Ruhestätte »in Tennessee, unter liebevollen Kindern« gefunden. Das ist der ziemlich erschreckende Subtext des Films: Amerikanische (baptistische) Kinder haben endlich die ermordeten Juden Europas erlöst.

Angesichts der von *Paper Clips* und anderen trivialisierenden Projekten repräsentierten Entwürdigung der Holocaust-Erinnerung fällt es nur allzu leicht, die schrecklichen Greuel zu vergessen, die den Nazigenozid charakterisieren: den kaltblütigen, systematischen Mord von mehr als einer Million Kinder. Die Praktiken der Nazis domestizierten und entmündigten die jüdischen Erwachsenen, auch wenn ihre Propaganda sich bemühte, sie den Deutschen und dem Ausland gegenüber als bedrohliche und unermüdliche Feinde der »arischen Rasse« darzustellen. Diese Transformation gehört zum Wesen totalitärer Systeme. Wie der Kinderpsychologe Bruno Bettelheim in einem frühen Bericht über seine eigenen Erfahrungen in Dachau und Buchenwald feststellte, kann systematischer Terror Männer und Frauen dazu bringen, »wie Kinder nur in der unmittelbaren Gegenwart zu leben«. Das Verhungern und die extremen physischen Bedingungen in den Lagern verwandelten sogar Erwachsene in ausgemergelte kindähnliche Nachbildungen ihres früheren Selbst.

Die Verwendung von Kindern bei der Darstellung des Holocaust hat offenbar negative wie positive Folgen. Wenn es den aus der Perspektive von Kindern erzählten personalisierten Darstellungen von Anne Frank und Elie Wiesel gelang, in den fünfziger Jahren das Herz der nichtjüdischen Leser zu gewinnen, so legten sie doch auch die Grundlage für eine Amerikanisierung der Holocaust-Erinnerung, die das historische Ereignis privatisierte und sentimentalisierte und allzuoft einer effektvollen fiktiven Darstellung zuliebe die Erinnerung an die wirklichen Opfer auslöschte. Der Zweck mag noch so legitim, die Motive mögen noch so lobenswert sein, die Beschwörung von Kinderopfern kann leicht zur Manipulation führen. Und während Wiesel selber bereits Mitte der siebziger Jahre gegen die Ausbeutung des Holocaust protestierte, erweist sich seine eigene strategische Mobilisierung des Kind-Erzählers in *Night* als ambivalent. Sie zielte auf eine Identifizierung der christlichen Mehrheit mit den jüdischen Opfern und trug so bei zu einem entscheidenden Durchbruch in der öffentlichen Anerkennung der Besonderheit der jüdischen Tragödie. Aber sie entpolitisierte und sakralisierte den Holocaust auch und entwertete wichtige politische Aspekte. Für viele ihrer amerikanischen Leser kann *Night* eine Form historischer Amnesie werden – Lebenserinnerungen, die das Gedenken nicht fördern.

Diese Tendenz zeigt sich deutlich in den folgenden amerikanischen Darstellungen des Holocaust wie der für das Fernsehen produzierten *Holocaust*-Serie, den mit großem finanziellem Aufwand gedrehten Hollywoodfilmen, den Museumsgedenkstätten wie dem offiziellen Holocaust Museum in Washington. Aber auch hier erweist sich die Privilegierung des Opferstatus der Kinder als ambivalent, indem sie zwar eine zuvor unvorstellbare emotionale Reaktion aller Bevölkerungsschichten ermöglicht, aber auch den Status des Holocaust als einer einzigartigen historischen Tragödie gegen ästhetischen, emotionalen und kommerziellen Gewinn eintauscht. Diese »true stories« werden zu einer weiteren Form von Unterhaltung, die dem amerikanischen Publikum die »Sensation des Realen« verschaffen, das Gefühl, mit einer authentischen historischen Tragödie zusammenzustoßen, während sie in Wirklichkeit nur eine simplifizierte Fabel von Gut und Böse vortragen, die eine starke emotionale Reaktion auslöst, aber selten zu einem größeren historischen Wissen, kritischem Bewußtsein oder politischem Engagement führt. Und wie das »Büroklammer«-Projekt erkennen läßt, hat die Mobilisierung »liebevoller Kinder« mehr mit konservativen amerikanischen Vorstellungen von Familienwerten und christlicher Spiritualität zu tun als mit irgendeiner realen Begegnung mit vergangener oder gegenwärtiger Politik; sie verhindert die Erinnerung, während sie vorgibt, sie zu feiern.

Aus dem Englischen von Siegfried Kohlhammer

Hubert Markl

Ein sehr persönlicher Rückblick

Die Max-Planck-Gesellschaft und das Forschungsprogramm zur Geschichte der Kaiser-Wilhelm-Gesellschaft im Nationalsozialismus

Warum überhaupt ein solches Forschungsprojekt? Diese Frage lag mir selber am nächsten. War denn nicht beinahe alles von Bedeutung, was überhaupt über den Nationalsozialismus erforscht werden konnte, mehr als fünfzig Jahre nach Kriegsende von Abertausenden von Historikern aus aller Welt längst erforscht? Ich selbst war verwundert, als ich mich darüber belehren ließ, wie wenig dies zutrifft. Ich lernte auch, daß die Geschichtswissenschaft eigentlich nie etwas zu Ende erforscht, so wenig wie Philosophie oder Philologie, denn jede Generation von Geschichtsbetrachtern sieht anderes oder aus anderer Perspektive, eine Art Dauerlebensversicherung solcher Wissenschaften, will mir scheinen, oder vielleicht, besser ausgedrückt, eine immer erneuerte Erkenntnisversicherung jeder neuen Generation über ihre Vergangenheit. Hinzu kam allerdings in den neunziger Jahren des vorigen Jahrhunderts: Der Kollaps des Eisernen Vorhangs öffnete Zugang zu Archiven und Dokumenten, die ganz selbstverständlich zur Bearbeitung in einer besser fundierten, integrativen Sicht der jüngeren Zeitgeschichte herausforderten. Dem dürfen wir Deutsche uns zuallerletzt entziehen.

Zugleich war es mir und allen, die sich damit in der Max-Planck-Gesellschaft befaßten, besonders wichtig, daß dies weder eine weitere Routineübung einer Naziopfergedenkindustrie werden durfte noch der untaugliche Versuch, ein Forschungsprojekt als Feigenblatt über die Blöße allzu langer Untätigkeit zu decken, sondern eine ernsthafte Bemühung der historischen Erforschung dessen, was war, um das so schwer zu Begreifende mit den Mitteln der Geschichtsforschung wenigstens so gut wie möglich verständlich zu machen. Zugleich eine Dekonstruktion, oder auf deutsch: Entschleierung apologetisch geschichtsschönender Legenden, die sich um die Rolle der Kaiser-Wilhelm-Gesellschaft unter der Naziherrschaft gebildet hatten.

Aber warum sollte dies nicht besser den zahlreichen Historikern der Universitäten und Zeitgeschichtsinstituten zur Erforschung überlassen bleiben, die doch unbestritten das Rückgrat und eigentlich fast das gesamte Knochengerüst der deutschen Geschichtswissenschaften sind? Ich muß gestehen, daß ich anfangs sehr zu einer solchen Auffassung neigte und sie dann dennoch verwarf. Dies hat mit dem richtigen Verständnis von Identität, Selbstachtung und Verantwortung einer Organisation zu tun, die sich – wie die Max-Planck-Gesellschaft ganz sicherlich als zumindest ideelle, in besonderem Maße dazu legitimierte, wenn nicht legale Nachfolgerin der Kaiser-Wilhelm-Gesellschaft – als autonome, selbstverantwortliche wissenschaftliche Gesellschaft versteht. Ich hielt und halte es für unabdingbar für eine solche Institution, sich aus freien Stücken, ungezwungen, aber auch in Wahrnehmung ihrer Verantwortlichkeit gegenüber der nationalen und der internationalen Öffentlichkeit, der heutigen wie der künftigen, zur eigenen Geschichte zu bekennen, zu den dunklen genauso wie zu den hellen Seiten davon – und dies kann man nun einmal nur, wenn man diese erst einmal wirklich kennt.

Der tiefste Grund ist wohl eigentlich fast philosophischer Natur. Paul Valéry hat einmal sinngemäß bemerkt, daß wir alle rückwärts in die Zukunft gehen. Dies ist nicht etwa ein Mangel, es ist ganz unvermeidlich. Natürlich versuchen die Naturwissenschaften – und die Max-Planck-Gesellschaft ist schon sehr naturwissenschaftlich geprägt! – vorausblickend zu forschen und zu handeln. Aber ebenso natürlich müssen die historischen Wissenschaften – und nicht nur sie, man denke an Geologie oder Evolutionsbiologie – immer auch zurückschauen. Zukunft braucht Herkunft. Es macht die Janusköpfigkeit der »zwei Kulturen« aus, in denen beide Perspektiven immer aufeinander angewiesen bleiben. Denn wir können nur aus der Vergangenheit, aus Erfahrung lernen, damit wir wenigstens so gut wie möglich nach vorne blicken können. Eine Institution, die meint, ihre Vergangenheit nicht kennen zu müssen, würde damit nur beweisen, daß sie gar nichts lernen will. Ich jedenfalls könnte mir dies für eine Institution der Spitzenforschung am allerwenigsten vorstellen.

Gewiß, wer immer nur die Vergangenheit fixiert, müßte blind in die Zukunft gehen, und genauso, wer sich nicht um die Gegenwart kümmert: Es gibt schon Tendenzen, sich über die Schrecknisse der Vergangenheit zu empören, um die von heute leichter ignorieren zu können. Aber das alles sind keine guten Gründe für eine Forschungsgesellschaft, ausgerechnet die eigene Vergangenheit unerforscht zu lassen; vielleicht um sich zu ersparen, was man daraus erfahren muß. Es den Universitäten zu überlassen, dies zu leisten, konnte mich deshalb auch nicht überzeugen: Zwar hatten diese reichlich Zeit, es zu tun (und sehr viele Wissenschaftler an Universitäten haben dies auch getan), aber diese Aufgabe mußte schon auch die Max-Planck-Gesellschaft selber angehen.

Warum aber so, mit Hilfe einer unabhängigen Präsidentenkommission? Es mangelt der Max-Planck-Gesellschaft doch nicht an hochgeschätzten unabhängigen Historikern! Darauf gibt es die offizielle, richtige Antwort: Die Forschung sollte so frei und unabhängig von Eigeninteressen geschehen, um mit ihren Resultaten auch wirklich glaubwürdig an die Öffentlichkeit treten zu können; dies verfügte ich so als Präsident. Aber es gibt natürlich auch eine inoffizielle, ebenfalls richtige Antwort: Manche Max-Planck-Historiker der fünfziger, sechziger, siebziger Jahre schienen in der Erforschung der Kaiser-Wilhelm-Gesellschaft im Nationalsozialismus wohl keine besonders herausfordernde Aufgabe zu erkennen. Vielleicht weil ihnen die deutschen Pfalzen wichtiger waren.

Warum dann aber, wenn der Forschungsbedarf bei Fachleuten unbestritten war, erst jetzt? Diese Frage wurde mir von denen, die es mit der Max-Planck-Gesellschaft besonders gut meinten, besonders oft gestellt. Seltsam, denn sie hätte ja wohl eher meinen Vorgängern im Präsidentenamt gestellt werden können. Ich selbst war vor 1996 nicht in der Max-Planck-Gesellschaft tätig, und der besserwissend unterstellenden Mutmaßungen gibt es schon genug, da muß ich keine mehr hinzufügen. Ich habe allerdings gelegentlich den Eindruck gewonnen, daß manche Kritiker der Max-Planck-Gesellschaft daraus gerne ein *no-win-game* machen würden: Hätte ich das Programm nicht initiiert, hätte dies erneut die Verstocktheit der Max-Planck-Gesellschaft bewiesen; da ich es in Gang brachte, war es ihnen, da viel zu spät geschehen, auch nicht recht. »Give them a fair trial and hang them!« – so heißt dies wohl auf Cowboy-Deutsch.

Mich und jene Mitglieder der Max-Planck-Gesellschaft, die mich dabei berieten, bewegte eine ganz andere Antwort auf die Frage: Warum denn überhaupt jetzt noch? War es nicht sowieso zu spät (wie manche Kritiker dies wohl auch ausdrücken wollten)? Als ich nämlich erfuhr, daß es noch immer einige wenige Überlebende der grausamen Zwillings-Pseudoforschung in Auschwitz gab, mit der Forscher der Kaiser-Wilhelm-Gesellschaft in Verbindung gebracht wurden, wuchs in mir die Überzeugung, dies müsse nun wirklich schnell und so endgültig aufgeklärt werden, wie es der Geschichtswissenschaft eben möglich ist. Daraus erwuchs dann der einmütig vom Präsidium der Max-Planck-Gesellschaft gefaßte Beschluß, diese wenigen Überlebenden wissenschaftlich verbrämter Menschenschinderei nach Berlin einzuladen, um wenigstens vor ihnen ganz offiziell Abbitte zu leisten. Allein diese Tatsache, diese Notwendigkeit, die keine Ausflucht und kein längeres Aufschieben duldete, war wohl rückblickend genug Begründung, um dieses Forschungsprogramm überhaupt und zudem so schnell wie möglich in Gang zu bringen.

Gab es in der Max-Planck-Gesellschaft Widerstand dagegen, in finanziell besonders bedrängten Zeiten die knappen, nicht unerheblichen Mittel für dieses Forschungsprogramm freizugeben? Zwar gab es Widerstand dagegen – aber nicht jenen, den viele wohl vermuten. Ich bin der Ansicht, daß es der ganzen Max-Planck-Gesellschaft, ihren Entscheidungsgremien und den Geldgebern von Bund und Ländern zur Ehre gereicht, daß ich von keinem einzigen wissenschaftlichen oder sonstigen Mitglied der Max-Planck-Gesellschaft oder des Senats jemals auch nur den geringsten Widerstand gegen dieses Forschungsvorhaben zu überwinden hatte. Ich habe es mit voller, einmütiger Zustimmung aller Verantwortlichen als Präsidentenkommission einrichten können, dem geeignetsten und einfachsten administrativen Verfahren, um schnell auf gesamtgesellschaftlich verpflichtende, den Einzelinstituten übergeordnete Weise vorgehen zu können. Das soll nicht heißen, daß nicht manche im geheimen auch gedacht haben mögen: Warum das Ganze? Wozu noch in den alten Akten (und Wunden) wühlen? Selbstschützendes und selbstgerechtes Desinteresse kann man nie ausschließen – es hat sich mir gegenüber jedoch niemals offen geäußert.

Aber warum spreche ich dann von Widerständen, die zu überwinden waren? Ich habe es schon angedeutet: Es waren vor allem meine eigenen Hemmungen, die es mir nicht leicht machten. Erstens ist mir ein bestimmter Typ

Die Prämien

Prämie 1
Bernhard von Mutius:
Die andere Intelligenz

Was läßt sich aus der Hirnforschung für die Politik lernen? Was verbindet Psychologie und Börse, was Genetik und Literatur? Welche übergreifenden Muster helfen uns, komplexe Probleme besser zu verstehen? Man könnte auch sagen, wir müssen neu denken lernen. Wie wir morgen denken könnten, zeigt dieses spannende Buch.

Prämie 2
Fernand Braudel:
Modell Italien 1450 – 1650

200 Jahre lang, von 1450 bis 1650, liefert Italien ein Modell für ganz Europa, für seine Künste, seine Wirtschaft, seine Wissenschaft. In diesem opulenten Bildband mit 173 vierfarbigen Abbildungen ergänzen sich Illustrationen höchster Qualität und ein fundierter, elegant geschriebener Text aufs beste.

Prämie 3
Peter Bender:
Weltmacht Amerika – Das neue Rom

Droht den USA das gleiche Schicksal wie einst dem antiken Imperium? Ein brisanter politisch-historischer Essay

Merkur Sonderhefte 1997 bis 2004

jeweils € 18,– (D) / sFr 32,40, zzgl. Versandkosten: Inland € 1,50 / Ausland € 3,50

Merkur 9/10 '1997
Kapitalismus als Schicksal? Zur Politik der Entgrenzung
ISBN 3-12-974073-2

Merkur 9/10 '1998
Postmoderne. Eine Bilanz
ISBN 3-12-974193-3

Merkur 9/10 '1999
Nach Gott fragen. Über das Religiöse
ISBN 3-608-97007-X

Merkur 9/10 '2000
Europa oder Amerika? Zur Zukunft des Westens
ISBN 3-608-97018-5

Merkur 9/10 '2001
Zukunft denken. Nach den Utopien
ISBN 3-608-97029-0

Merkur 9/10 '2002
Lachen. Über westliche Zivilisation
ISBN 3-608-97040-1

Merkur 9/10 '2003
Kapitalismus oder Barberei?
ISBN 3-608-97051-7

Merkur 9/10 '2004
Ressentiment! Zur Kritik der Kultur
ISBN 3-608-97062-2

Weitere Informationen im Internet: Unter www.online-merkur.de finden Sie die jeweils aktuellen Vorankündigungen, sämtliche lieferbaren älteren Ausgaben, und Sie können gezielt nach Autoren und Stichworten recherchieren sowie sich in den Presseverteiler eintragen lassen.

Ich abonniere die Zeitschrift Merkur (jährlich 10 Hefte und ein Sonderheft)

☐ **Normalabonnement** € 98,– (D)*/ sFr 163,–* ab Heft _____ (Jahresabonnement)

☐ **Vorzugsabonnement** € 72,– (D)*/ sFr 120,–* ab Heft _____
(Jahresabonnement für Studenten gegen Vorlage einer Bescheinigung)

☐ Ich bestelle folgende Merkur-Hefte ______________________________

☐ Ich bin Abonnent des Merkur mit der Kundennummer ______________________________

*Mindestbezugszeitraum: ein Jahr, alle Preise incl. MwSt (in Drittländern außerhalb der EU gelten die angegebenen Preise netto), zzgl. Versandkosten: Inland € 9,60 /Ausland € 21,60 jährlich. Preise freibleibend, Stand 2004/2005.

Bitte schicken Sie an meine umseitige Adresse:

☐ Prämie 1 **Mutius, Die andere Intelligenz**

☐ Prämie 2 **Braudel, Modell Italien**

☐ Prämie 3 **Bender, Weltmacht Amerika**

Datum/Unterschrift

Wenn sie den Merkur verschenken möchten, tragen Sie bitte hier die Lieferanschrift ein:

Vorname und Name

Straße und Hausnummer

PLZ und Ort

Telefon e-mail

Bei Fragen zum (Geschenk-) Abonnement Tel: 07 11/66 72-16 48.

Bitte beachten Sie: wenn Sie ihr Abonnement nicht spätestens vier Wochen vor Ende des Bezugszeitraums kündigen, verlängert es sich automatisch um ein Jahr. J.G.Cotta'sche Buchhandlung Nachfolger GmbH, Stuttgart HRB 1890, UST-IDNr. DE 811 122517; Geschäftsführer: Michael Klett

KV 2111

pharisäerhaft moralischer Selbstbeweihräucherung ganz besonders zuwider: die wohlfeile und manchmal wohl auch scheinheilige Entrüstung der Nachgeborenen im sicheren Port gegen die Schlechtigkeiten ihrer Vorfahren auf hoher See, wie in der Sottise über Journalisten, die hinterher immer alles vorher genau gewußt haben. Nun, das ist bestimmt keine besonders journalistische Eigenschaft. Sie scheint mir allzu weit verbreitet und zugleich – auch wenn sie im teuren Habit des Forschers einherkommt – allzu billig. Man muß nur Spitzenpolitiker beim Auschwitzgedenken beobachten, wie sie lieber tiefbewegt ihr »Nie wieder« für die Medien abgeben, als in Kambodscha oder Ruanda, im Kongo oder im Sudan, in Srebrenica oder Grosny gegen die hier und heute stattfindenden Gräßlichkeiten einzuschreiten. Bei Flutwellen erregt sich schnell der edelste politisch-moralische Impetus, bei Blutwogen offenbar weniger. Die Behandlung der Armenierverfolgung im Geschichtsunterricht bringt anscheinend über die längst begrabenen Toten immer noch mehr Tinte zum Fließen, als das Mitleiden mit den kaum noch Überlebenden in Darfur hervorzulocken vermag. Wir müssen uns alle vor einer Opferselektion hüten, die sich des eigenen guten Gewissens wegen öffentlich über das Vergangene empört, um vor dem Gegenwärtigen besser die Augen verschließen zu können.

Es war mir und ist mir zuwider, man könnte mir unterstellen, ich hätte mit dem Forschungsprogramm die Abscheu des Spätgeborenen gegen Rassismus und Nazidiktatur nachholend noch einmal öffentlich zu Protokoll geben wollen. Ich fand es schwer, diese Hemmung zu überwinden und, ehrlich gesagt, habe ich sie auch bis heute nicht ganz überwinden können. Ich habe dies dennoch zu tun versucht, um zum einen dem Vorwurf entgegentreten zu können, die Max-Planck-Gesellschaft habe gewiß etwas zu verbergen, wenn sie sich nicht schleunigst der historischen Erforschung öffnet; zum anderen, um gerade noch rechtzeitig, tatsächlich aber viel zu spät vor die wenigen Überlebenden von Nazigreueln mit der Bitte um Verzeihung treten zu können; und schließlich, um dazu beitragen zu können, die Rolle der Wissenschaften und von Wissenschaftlern in einer totalitären Diktatur aufklären zu helfen, nicht um uns besser zu dünken, indem wir sie gehörig verachten, sondern um dadurch die Wachsamkeit gegenüber Wiederholungsgefahren zu schärfen.

Ich hatte jedoch eine zweite Hemmung zu überwinden, die vielleicht 1950 oder 1960 nicht sehr bedeutend gewesen wäre, aber für die Max-Planck-Gesellschaft um 2000 schon wichtiger zu nehmen war. Heute arbeiten in der Max-Planck-Gesellschaft Ausländer auf mehr als einem Viertel der Direktorenstellen; dazu Tausende ausländischer Mitarbeiter jeden Alters. Was soll ein Holländer, ein Däne oder gar ein amerikanischer Jude davon halten, wenn er zugleich tragendes Mitglied der Max-Planck-Gesellschaft ist und dann auch noch in ihrer reuevollen Erinnerungskultur mitwirken soll, zum Beispiel durch Verzicht auf Mittel, die sonst für seine Forschung zur Verfügung stehen könnten: fremdgeboren statt nachgeboren sozusagen? Mich hat dies beschäftigt, weil ich als Präsident auch für die Einheit der Max-Planck-Gesellschaft verantwortlich war und für ihre Identität, zu der immer schon, aber jedenfalls heute ein weltweit offenes wissenschaftliches Selbstverständnis unabdingbar gehört. Ich habe darüber mit manchem unserer ausländischen Direktoren gesprochen. Sie haben diese Hemmungsgründe von mir genommen, da sie ein Mißverständnis oder eine Fehlinterpretation des Handelns der Max-Planck-Gesellschaft bei Einrichtung einer solchen »Selbsterforschungskommission« nicht zu befürchten schienen; im Gegenteil: Sie hielten die Einrichtung einer solchen Forschungskommission für dringend geboten.

Kommt die Frage: Was können wir aus den Forschungsergebnissen lernen, selbst wenn sie nur einen kleinen Ausschnitt zeithistorischer Forschung geben? Wie bewerte ich sie persönlich? Zunächst einmal muß ganz klar sein: Ich kann sie gar nicht angemessen bewerten. Sie sind auch nicht für mich, sondern für die ganze Max-Planck-Gesellschaft erarbeitet worden. Gewiß, ich bin natürlich allein vom quantitativen Umfang des Geleisteten sehr beeindruckt. Aber als Biologe kann und will ich mir nicht anmaßen, die Qualität der Veröffentlichungen auch nur nachträglich, nach meinem Ausscheiden aus dem Amt des Präsidenten, einzuschätzen. Auch hier gilt: Es ist ein Ausdruck der von Interessen der Max-Planck-Gesellschaft freien Unabhängigkeit dieser Kommission, daß auch ein Ex-Präsident sich einer Bewertung der Arbeitsergebnisse enthält und diese der geschichtswissenschaftlichen Fachöffentlichkeit überläßt. Aber ich will es nicht bei dieser wohl allzu einfach erscheinenden Rückzugsposition belassen. Ich will vielmehr in dreifacher Hinsicht Anmerkungen dazu machen.

Zum Ersten: Je mehr ich von den Ergebnissen des Forschungsprogramms und anderen Publikationen über die Rolle der Wissenschaft in der Nazizeit zur Kenntnis genommen habe, um so deutlicher wurde mir dabei nicht nur, wie bedeutend der Beitrag hervorragender Wissenschaft und Technologie für die totalitäre Macht und übrigens auch für die anfangs jedenfalls internationale Achtung beziehungsweise respektvolle Beachtung des Regimes und für dessen anfänglich unbestreitbaren wirtschaftlichen und gesellschaftlichen Erfolg gewesen ist; wie sehr insbesondere die totale wissenschaftlich-technische Mobilmachung und Indienstnahme der Spitzenforschung dem Nationalsozialismus die Kriegsvorbereitung und später dann Kriegsführung erleichterte (und dabei wohlbemerkt auch dessen rassistische Vernichtungspolitik in den eroberten Gebieten ermöglichte!). Es fällt dabei auch immer wieder auf, wie hauchfein sehr oft die Linie zwischen »normalem«, als patriotisch rationalisiertem oder auch wirklich so empfundenem Einsatz aller Kräfte ist – »normal« deshalb, weil er in England oder den Vereinigten Staaten eben genauso patriotisch mobilisiert werden konnte – und der zunehmend vorbehaltlos gewissenlosen Unterstützung einer verbrecherischen Diktatur (wie wir dies übrigens im Verteidigungskampf der stalinistischen Diktatur genauso »patriotisch-normal« vorfinden). Nun sei dabei immer an Samuel Johnsons Wort (nach Ambrose Bierce' *Wörterbuch des Teufels*) erinnert, das »Patriotismus als die letzte Zuflucht eines Schurken« definiert – aber selbst wer dies bedenkt, kann wohl den rückhaltlosen und zum Teil sogar bewundernswerten Einsatz mancher Wissenschaftler und Ingenieure »für das

Vaterland« nicht ohne Zögern einfach deshalb verbrecherisch finden, weil er unzweifelhaft dazu beitrug, daß die Verbrecher ihre Verbrechen noch erfolgreicher begehen konnten.

Es wäre allzu leicht und überheblich, alles, was Naziherrschaft ermöglichte, einfach dem Nationalsozialismus zuzuschlagen – die Spielart einer Betrachtung, so will mir scheinen, die sich nicht in die Lage der handelnden Personen eindenkt, sondern sich mit dem überlegenen Wissen und Gewissen der später Zurückblickenden selbstgefällig über sie stellt. Jürgen Kaube hat diesen Aspekt kürzlich sehr klarsichtig, bezogen auf die »Nachbeurteilung« von Max Planck selbst, verdeutlicht (*FAZ* vom 18. Februar 2005), der je nach Zitatauswahl fast schon als Helfershelfer der Nazis oder eben in angemessener Gesamtbewertung als einer der Besten unter den Deutschen erscheint, die aus damaliger Sicht meinten, mit Hinnahme kleinerer Übel größere abwenden zu können – vergeblich, wie wir heute leicht feststellen können, wie diese Frauen und Männer selbst aber sehr bald in großer Gefahr für sich und ihre Angehörigen und oft voll Schmerzen erfahren mußten.

Selbstverständlich machen diese Forschungen aber auch etwas anderes deutlich: Wie ehrgeizige und einflußgierige Hochleistungswissenschaftler durch den Glanz der Macht und vor allem der Mittel, über die sie überreichlich verfügen kann, nicht etwa widerwillig und gegen bessere Einsicht angezogen werden können, sondern vielmehr sehr aktiv zu den jeweils Herrschenden streben, um ihren Ehrgeiz und nur zu oft auch ihre Ruhmsucht und materielle Habgier zu befriedigen. Bescheidenere Distanz zu den Trögen und Machenschaften der Mächtigen wird dabei keineswegs nur in Diktaturen, sondern auch in anderen Herrschaftsverhältnissen von Politik und Wirtschaft um so deutlicher Ausdruck jener wissenschaftlichen Tugend, die nur allzu viele willige oder unwissende Helfershelfer des Nationalsozialismus vermissen ließen.

Ich hatte in den vergangenen Jahren manchmal den Eindruck, als wollten jene, die mir Fragen nach der Beurteilung des Verhaltens von Wissenschaftlern der Kaiser-Wilhelm-Gesellschaft unter der Naziherrschaft stellten, vor allem eins wissen: Waren große, berühmte, vielleicht sogar nobelpreisgekrönte Wissenschaftler, auch längst verstorbene, daran beteiligt, daß sich der NS-Staat erst so mächtig und dann bald auch so mörderisch entfalten konnte? Ich verstehe solches Interesse und kann es allein deshalb nicht unwichtig finden, weil die Kaiser-Wilhelm-Gesellschaft – wie die Max-Planck-Gesellschaft – mit ihren Spitzenwissenschaftlern steht und fällt. Aber ich muß gestehen, daß ich es noch viel wichtiger finde zu begreifen, wie ein hervorragend funktionierendes, weltweit angesehenes Wissenschaftssystem, wie ganze Forschungsorganisationen nicht etwa nur zwangsweise gleichgeschaltet werden konnten, sondern sich sogar danach drängten, sich dem antidemokratischen politischen System dienstbar zu machen, wie zwar manche deren Vertreter hineingezogen wurden, aber andere geradezu nach Nähe zur Macht, ja selber nach Macht lechzten – obwohl und gerade weil sie dabei oft trotzdem perfekt funktionierende Experten der Wissenschaft blieben.

Für manche kommunistischen Wissenschaftler galt dies im Stalinismus sicher nicht anders, und aus dem Irak unter der Herrschaft Saddam Husseins haben wir ähnliches gehört. Die bedrückende Leichtigkeit, mit der insbesondere das für jeden kritischen Beobachter doch nur zu bald erkennbar verbrecherische Naziregime bei vielen Wissenschaftlern Unterstützung fand, ist für mich viel schwerer zu begreifen als Nachgiebigkeit gegenüber unbestreitbarem Druck und Terror, der den Unwilligen oder gar Gegnern, geschweige denn denen drohte, die der falschen Überzeugung oder gar Abstammung angehörten. Zugleich verläßt mich nie die Wut und Trauer darüber, wie viele der besten Geister – jüdisch-deutsche und andere – Deutschland vertrieben oder umgebracht, jedenfalls aber für immer verloren hat: welch gräßlich-idiotische Selbstenthauptung.

Aber ich will zweitens den Fragen nach meinem engeren Fachgebiet, den Biowissenschaften und der damit verbundenen Medizin, nicht ausweichen, denn hier sind die schrecklichsten wissenschaftlich verbrämten oder von Wissenschaftlern, gerade auch der Kaiser-Wilhelm-Gesellschaft, geförderten und sogar geforderten Verbrechen begangen worden, durch die sich die deutsche Wissenschaft am allerschlimmsten schuldig gemacht hat. Doch gilt es auch hier, wenn man die zum Teil erschütternden Forschungsberichte des Projektes liest, sehr genau hinzusehen, damit der moralische Widerwille einem nicht das wissenschaftliche Urteil trübt. Auch hierfür geben die sorgfältigen Arbeiten des Forschungsprojektes wichtige Hinweise.

Es scheint ja sehr einfach, politisch korrekt zu verkünden, »Rassen« gebe es bekanntlich nicht; die Behauptung genetischer Unterschiede zwischen verschiedenen menschlichen Bevölkerungsgruppen sei nichts als verblendeter, wenn nicht verbrecherischer biologistischer Unfug und könne nur neuerliche rassistische Diskriminierung begünstigen. Was nicht sein soll, das kann eben auch nicht sein – so einfach ist das. Die unbestreitbare Tatsache, daß deutsche Biologen und Ärzte, auch der Kaiser-Wilhelm-Gesellschaft, übrigens zumeist unter eifriger Beihilfe von Juristen, die entwürdigende, entrechtende und in der Folge mörderische Rassenpolitik vor allem gegen Juden und Zigeuner, aber auch gegen slawische Völker begründet, vorbereitet und unterstützt haben, heißt weder, daß es keine genetischen Unterschiede zwischen menschlichen Populationen geben darf – der Begriff »Rasse« sollte hoffentlich auf immer diskreditiert sein –, noch daß man solche Unterschiede nicht erforschen kann oder gar, weil nicht politisch korrekt, nicht erforschen darf. Daran ändert auch nichts, daß der größte Teil nationalsozialistischer »Rassenbiologie« wissenschaftlich wertlos und dazu in Methoden und Zielen verabscheuenswert war.

Die zur Zeit intensiver werdenden Diskussionen über »ethnic drugs«, populationsspezifisch ausgewählte und auf Wirksamkeit und Nebenwirkungen geprüfte Medikamente, zeigen erneut die Bedeutung klarer Unterscheidung zwischen erforschbaren und erforschungsnotwendigen wissenschaftlichen Tatsachen und nicht hinnehmbaren Schlußfolgerungen, die die Menschenrechte solcher Ethnien gefährden könnten. Um es etwas paradox, zwar etymologisch falsch, aber im gängigen Sprachgebrauch auszudrücken: faktische – genetische – *Unterscheidung* rechtfertigt keine – rechtliche – *Diskrimi-*

nierung, sowenig wie geschlechts- oder altersspezifisch unterschiedlich indizierte Medikamente Geschlechts- oder Altersdiskriminierung rechtfertigen könnten, auch wenn sie geradezu lebensrettende Unterscheidungen begründen. Menschengruppen gleich welcher Art – zum Beispiel Rothaarige oder Zwergwüchsige – medizinisch verschieden zu behandeln, weil sie in bestimmter Hinsicht besondere genetische Eigenschaften haben, kann und darf niemals zur Folge haben, daß sie in ihren Menschenrechten in irgendeiner Weise benachteiligt werden, wobei die Diskriminierung ja zumeist keineswegs erst durch Kenntnis ihrer genetischen Besonderheiten begründet wird, sondern dadurch, daß sie eben anders aussehen, sprechen, sich anders verhalten, an andere Götter glauben oder was sonst Menschengruppen unterscheiden mag. Die diskriminierende Stigmatisierung liegt nicht in oder an ihren Genen, sondern wird dadurch wirksam, daß die soziale Umwelt ihnen ein Stigma nachsagt, aufprägt oder aufzwingt: Der gelbe Stern, nicht die Herkunft macht sie zu Fremden, attributive Willkür drückt ihnen den belastenden Stempel auf.

Auch mit der humangenetisch eher wohlmeinend politisch korrekten als sachlich zutreffenden Behauptung, es gebe keine beachtlichen genetischen Unterschiede zwischen verschiedenen menschlichen Populationen – vulgo also: keine menschlichen »Rassen« – kann in guter Absicht durchaus Unsinn verbreitet werden. Für die seit Jahrhunderten hochvermischten Bevölkerungen Europas, Vorderasiens, Amerikas trifft dies sicher viel eher zu als für historisch-geographisch lange isoliert lebende Ethnien. Richtig ist, daß es für gleich welche Ethnien keinerlei Einschränkung ihrer Menschenrechte geben darf, wie immer sie sich genetisch oder kulturell auch voneinander unterscheiden mögen. Es kann ja auch nicht soweit gehen mit der biologisch-politischen Korrektheit, daß man nichts mehr gegen »Rassen«-Diskriminierung zu unternehmen brauchte, weil es doch gar keine »Rassen« gibt: »Rassen« mögen biologisch-genetisch obsolet sein, in den Rassenvorurteilen von Menschen leben sie leider fort, manchmal sogar ohne die Menschengruppen, auf die sie sich beziehen.

Auch die unbestreitbare Tatsache, daß im Naziregime von verbrecherischen Ärzten Zigtausende von Erbkranken umgebracht wurden – und Wissenschaftler der Kaiser-Wilhelm-Gesellschaft sie sogar als »Forschungsmaterial« mißbrauchten –, bedeutet doch nicht, daß es keine genetisch bedingt Kranken gibt oder daß man diese Krankheitsursachen nicht erforschen sollte. Es ist also schon wichtig, aus der historischen Erforschung der beklagens- und oft verdammenswerten Rolle von Biowissenschaftlern in der nationalsozialistischen Diktatur sorgfältig die richtigen Schlußfolgerungen zu ziehen: nämlich daß keine wirkliche oder vorgebliche wissenschaftliche Tatsachenerkenntnis über genetische Merkmale von Menschen irgend jemanden, am allerwenigsten jedoch die beteiligten Wissenschaftler berechtigt, Menschenwürde und Menschenrechte von Angehörigen anderer Ethnien, genetisch definierbarer Menschengruppen oder Erbkranken, zu mißachten.

Wissenschaft muß höchsten kognitiven Erkenntnisstandards – der Wahrhaftigkeit – genügen, aber sie kann, auch wenn sie dies tut, gleich ob als Natur- oder Geisteswissenschaft, die moralischen Werte, die ihrem Tun und Lassen Führung geben und ethische Grenzen setzen müssen, weder allein aus sich heraus erzeugen, noch darf sie ihre Werte der Gesellschaft, in der sie lebt und arbeitet, aufzunötigen versuchen, sonst würde sie sich die Herrschaft einer erleuchteten Wissenskaste anmaßen, die am Ende nicht weniger schlimm wäre als eine altertümliche Priesterherrschaft. Die moralischen Werte, deren sich jede Gesellschaft durch ständige offene Reflexion und Diskussion immer aufs neue versichern und die sie jeder neuen Generation durch Erziehung und Bildung weitergeben muß, sind die Grundlage der Gesetze, an die sich auch in einer freien Gesellschaft alle – auch Wissenschaftler jeder Richtung – zu halten haben. Deshalb ist der Appell an die Wahrung der Menschenrechte durch die Forschung keine wohlfeile, weil in der Praxis folgenlose edelmenschliche Sonntagsrede, sondern die verbindliche Aufforderung an die Wissenschaft, ihre Erkenntnisziele immer nur im Rahmen von Recht und Gesetz zu verfolgen, was selbstverständlich einschließt, daß sie mit ihrem besonderen Wissen über Erkenntnisse und Möglichkeiten der Wissenschaft ständig argumentativ dazu beizutragen hat, daß die Gesellschaft – durch die dazu berufenen Vertreter des Volkes – ihre rechtsetzenden und rechtauslegenden Entscheidungen auf menschenrechtlichen ethischen Grundlagen in möglichst umfassender Kenntnis alles wissenschaftlich Erkannten, Wissenswerten und Wissensmöglichen treffen kann.

Dies einzusehen und klar auszusprechen ist nicht nur gerade jetzt bei zunehmender wissenschaftlicher Kenntnis des menschlichen Genoms und seiner genetischen Wirkungen von großer Bedeutung. Wir verstehen dann auch leichter, wie es sein kann, daß wir uns über eugenische Vorstellungen bedeutender Wissenschaftler der Kaiser-Wilhelm-Gesellschaft entrüsten, während – um nur ein Beispiel herauszugreifen – der zur gleichen Zeit wie sie wirkende englische Genetiker Ronald A. Fisher unverändert in höchstem wissenschaftlichen Ansehen steht, obwohl er, übrigens überzeugter Nietzscheaner, in Cambridge die Eugenics Society begründete, die genau gleiche Ziele verfolgte und der viele bedeutende Persönlichkeiten angehörten; ihr Schatzmeister war John Maynard Keynes! Der Unterschied zwischen Fisher und seinem guten Freund (selbst nach dem Krieg noch!) Otmar von Verschuer, die beide sicherlich bedeutende Wissenschaftler waren, war genau jener, um den es uns hier gehen muß: Was immer Ronald Fisher eugenisch Unsinniges gedacht oder geschrieben haben mag, es hatte im demokratischen Rechtsstaat Großbritannien keinerlei Einfluß auf politisches oder gar rechtsberaubendes Handeln des Staates gegenüber erblich belasteten Mitmenschen; während Humangenetiker der Kaiser-Wilhelm-Gesellschaft wissentlich oder fahrlässig Begründungen für Staatsverbrechen ungeheuren Ausmaßes lieferten, diese ermöglichten oder sich sogar daran beteiligten.

Ich will es mit diesen wenigen Hinweisen darauf, was mir aus den Forschungsergebnissen der Präsidentenkommission besonders nachdrücklich vor Augen steht, bewenden lassen, aber doch abschließend noch einen dritten Punkt ansprechen, den ich auf die abgedroschene Formel bringen kann: »Wie konnte es nur bei uns Deutschen dazu kommen« – dieser Rassenwahn, diese Menschenverachtung, diese Habgier auf Besitz beneideter Mitbürger, diese Mitleidlosigkeit! Das alles bei einem Kulturvolk, das sich doch wissenschaftlich und kulturell herausragend wähnte. So als sei der Sohn feiner Eltern auf die schiefe Bahn gekommen. Es gab doch Antisemitismus, Rassismus, Eugenikprogramme, Verbrechersterilisierungen, Gefängnisse für Geisteskranke und wer weiß noch was für andere Scheußlichkeiten auch in anderen sogenannten kultivierten Nationen! Warum kam all das dann im deutschen Nationalsozialismus zu so entsetzlich verstärktem Ausbruch sozialer Massenpathologie, zu solch grauenvoller Perfektion des Verbrechens? Warum diese moralische Ruchlosigkeit bei so vielen aus allen Bereichen eines ganzen Volkes, und sogar bei dessen bewunderten Eliten?

Man hat dies als Folgen einer einmaligen gesellschaftlichen und moralischen »Entgrenzung« bezeichnet. Man möchte es eigentlich fast schon »Entartung« nennen, wäre dies nicht selbst ein Nazibegriff. Da gab es natürlich – das Forschungsprogramm hat dies immer wieder nachgewiesen – viel unersättlichen Opportunismus; durch den Krieg begünstigtes rücksichtsloses Herrenmenschengehabe und kolonialistische Raublust, die für Deutschland nachzuholen suchte, was andere Kolonialmächte wirklich oder vermeintlich längst vorgemacht hatten. Gewiß, da gab es auch den Kadavergehorsam aus übersteigertem Pflichtgefühl, Ergebnis einer Drillerziehung zu unbändigem Nationalchauvinismus, verbunden mit einem perversen Stolz auf Effizienz und Perfektion in allen Dingen, selbst noch bei Schreckenstaten, auch eine Hörigkeit gegenüber der Obrigkeit, der knechtische Überzeugungen zugrunde liegen mögen, die nach Herrschaft verlangen, um sich ihr unterwerfen zu können – und um dann selber keine Verantwortung zu tragen; Achtung vor Paragraphen und Befehlen ist solcher Haltung wichtiger als Menschlichkeit und Auflehnung gegen menschenverachtende Ideologie. Ich weiß nicht, ob das heute alles schon ganz überwunden ist: Wie schwer sich ein paragraphenfixierter Rechtsstaat mit notwendigen Verboten und Abgrenzungen gegen solche Ideologien von rechts und links auch heute noch bei uns tun kann, gibt einem schon zu denken.

Deshalb wird die Forschung über all diese Fragen ganz gewiß weitergehen müssen, nicht nur die historische Forschung in Hochschulen, Archiven und Forschungsinstituten, wo immer sie hingehört und am besten durchgeführt werden kann, sondern gewiß auch anthropologische und sozialpsychologische Forschung. Die Präsidentenkommission der Max-Planck-Gesellschaft konnte dazu nur einen begrenzten Beitrag leisten, aber sie hat ihren Beitrag zu leisten versucht. Doch diese Forschungsaufgaben reichen weit über Kaiser-Wilhelm-Gesellschaft und Max-Planck-Gesellschaft und sicherlich auch weit über Nationalsozialismus und Deutschland hinaus. Gerade deren international vergleichende Aspekte werden die Wissenschaft noch lange beschäftigen – sie müssen sie noch lange und intensiv beschäftigen, wenn wir verstehen wollen, was doch oft so abgrundtief unverständlich erscheint.

Wir müssen aber auch aufhören, aus verständlichen Gründen demonstrativ extrovertierten deutschen Schuldbewußtseins Hitler und seine Helfer, selbst einen Josef Mengele, einfach zu Un-Menschen zu erklären und so zu meinen, damit – mit der Einzigartigkeit deutscher Schuld – sei die schreckliche Einmaligkeit historisch auch schon gebannt, sozusagen als einmaliges Verbrechen einmaliger Bösewichte. Dann hätten wir nämlich immer noch nicht begriffen, wozu Menschen, fast beliebige Menschen – auch Wissenschaftler, von Juristen bis Ärzten, von Biologen bis Ingenieuren – an Grausamkeit und Niedertracht fähig sind und fähig bleiben, auch heute und überall, wo Menschen sich unbeschränkte Macht über Mitmenschen anmaßen können. Es sind die rechtssichernden Institutionen – auf unveräußerlicher Menschenwürde begründete Demokratie, der Verfassungsrechtsstaat, die Institutionen von Bildung und Erziehung –, die Menschen vor Entmenschung schützen, sonst nichts. Es ist das Versagen von Institutionen, die nicht in Ethik und Recht fundiert sind und dementsprechend handeln, die verbrecherischen Menschen, aber auch den verbrecherischen Neigungen, der verbrecherischen Versuchbarkeit vielleicht nicht aller, aber doch sehr vieler Menschen, sogar der besten Köpfe aus Kultur und Wissenschaft, nicht die notwendigen Zügel anlegen, um die »Entgrenzung« zur Barbarei zu verhindern.

Es bleibt bei mir allerdings immer noch, trotz aller Ursachenerforschung und Ursacheneinsicht, ein Gefühl tiefer Fassungslosigkeit und trauriger Scham, wenn ich erkennen muß, daß auch einige der angesehensten Wissenschaftler nicht gegen verbrecherische Ideologien immun waren. Aber es gibt bei mir auch ein Gefühl hoffnungserweckenden Stolzes darüber, daß es zugleich auch immer wieder andere Menschen von Lauterkeit und Charakter unter der Terrorherrschaft gab, die sich dem Ungeist nicht beugten, die zwar oft damit scheiterten, aber jedenfalls nicht auch noch moralisch versagten. An die sollten wir uns genauso erinnern wie an die Missetäter. Deshalb will ich mit Zeilen aus Albrecht Haushofers *Moabiter Sonetten* schließen, eines Wissenschaftlers, der selbst am 23. April 1945, sogar noch nach seiner Entlassung aus Moabit, Freiheit und Errettung vor Augen, von einem SS-Trupp ermordet wurde. Dort heißt es: »Sie hatten alle Geist und Rang und Namen, / die gleichen Ziels in diese Zellen kamen – / und ihrer aller wartete der Strick. / Es gibt wohl Zeiten, die der Irrsinn lenkt. / Dann sind's die besten Köpfe, die man henkt.«

Einer davon war sein Freund, Max Plancks Sohn Erwin Planck, der am 23. Januar 1945, von Freisler verurteilt, gehenkt worden war. Wer nach der Verbindung der Kaiser-Wilhelm-Gesellschaft und nach ihrer Verbündung mit dem Naziregime fragt, sollte sich auch – mit Stolz, freilich mit trauerndem Stolz – an diese Seite der Beziehung erinnern.

Siegfried Kohlhammer

Konfliktregion Ostasien

Seit hundert Jahren kollidieren hier die Interessen großer Mächte

Die riesigen Gebiete Sibiriens, Alaskas und der nordamerikanischen Pazifikküste bis hinab nach Kalifornien, Hawaii und die anderen Inseln des Pazifiks waren vor dem 19. Jahrhundert meist nur dünn besiedelt von prähistorischen, staaten- und schriftlosen Stämmen. Diese Gebiete standen dem Eroberer offen, der zuerst kam. Die selbstgewählte Abschließungspolitik der drei einheimischen Staaten des nordpazifischen Raums: China, Korea und Japan, im Zeitalter der europäischen Expansion, ihre Abkehr vom aktiven Überseehandel und das Verbot, hochseetüchtige Schiffe zu bauen, überließen den Pazifik den europäischen Mächten, Spanien zunächst, dann Rußland, England, Frankreich und den USA.

Während die Europäer den pazifischen Raum für sich entdeckten, erforschten und eroberten, schlossen ihre einzigen möglichen Konkurrenten und Widersacher die Tür nach außen und lebten sozusagen mit dem Rücken zum Pazifik. China begann damit im 15., Japan im 17. Jahrhundert. Mit anderen Worten: Als die ostasiatischen Länder noch stark genug gewesen wären, den Europäern entgegenzutreten, wählten sie statt dessen den Weg in die Isolation. Im 17. Jahrhundert noch hatte keine der europäischen Mächte Widerspruch gewagt gegen ihre Vertreibung aus Japan und das Verbot, dort Handel zu treiben und zu missionieren. Auch die rüden Zurückweisungen ihrer Handelswünsche durch China nahmen die europäischen Mächte bis zum 19. Jahrhundert widerstandslos hin. Ab dem 19. Jahrhundert aber erlangten die Europäer eine technologische, ökonomische und administrative Überlegenheit, die auch militärisch wirksam wurde, und zwar derart, daß keines der alten Reiche mehr in der Lage war, einen effektiven Widerstand zu leisten.

Die neue Militärtechnik, die auf industrieller Produktion beruhte, konnte nunmehr nur noch durch die Übernahme dieser industriellen Produktion eingeholt werden, das bedeutet aber nichts weniger als Modernisierung. Dazu war zunächst nur Japan bereit und fähig. Das Schicksal des gedemütigten und hilflosen China ebenso wie seine eigenen Erfahrungen mit den europäischen Mächten lehrten Japan die paradoxe Lektion, daß es sich nur dadurch vor der Verwestlichung bewahren konnte, daß es sich verwestlichte, daß es sich gegen imperialistische militärische Übermacht nur dadurch schützen konnte, daß es selber imperialistische militärische Macht wurde. Die Politiker der Meijizeit gingen realistischerweise davon aus, daß es damals keinen Mittelweg gab zwischen dem Status einer kolonisierten oder anderweitig unterworfenen Nation und einem expandierenden, andere unterwerfenden Imperium. Sicherheit als strategisches Ziel verlangte zunächst, die imperialen Mächte von Japan fernzuhalten, und das hieß auch: von Korea. Und sollte

Korea sicher sein, so durfte keine fremde Macht die Mandschurei beherrschen, und das galt ferner für ganz China – der bekannte progressus ad infinitum imperialistischer Grenzsicherung.

Die Expansion Rußlands über den Ural nach Sibirien bis an die Grenzen Chinas und schließlich an den Pazifik und weiter nach Alaska begann schon Ende des 16. Jahrhunderts unter Iwan dem Schrecklichen. Nur etwa sechzig Jahre dauerte es, bis 1639 der Pazifik erreicht war: das Meer von Ochotsk. In dieser Region kam es zu den ersten Kontakten zwischen Russen und Japanern. In Kamtschatka trafen die Russen einen Schiffbrüchigen, den die dortigen Ureinwohner gefangenhielten. Sein Name war Dembei, und er kam aus Osaka. Dembei brach in Tränen aus, als er die Russen sah: Sie würden ihn endlich heimkehren lassen. Statt dessen nahmen sie ihn mit nach Rußland, und er wurde Peter dem Großen vorgestellt, der ihn lange über Japan ausfragte. Der arme Dembei blieb bis an sein Lebensende in Rußland; sein Wunsch, in die Heimat zurückzukehren, war unerfüllbar, solange noch kein Russe je den Weg nach Japan gefunden hatte.

Peter der Große hatte 1702 auch befohlen, eine Expedition auszusenden, um Japan zu erkunden. Jahrzehnte später wurde der Marineoffizier Martin Spanberg mit dieser Aufgabe betraut und gelangte 1739 bis nach Honshu, der japanischen Hauptinsel. Erstaunt betrachtete er die fruchtbaren Felder und dichtbesiedelten Landstriche, fand auch Kontakt zu den Japanern und tauschte Lebensmittel gegen Leinen und Glaskorallen – »dahingegen fragten die Japaner nicht nach baumwollenen und seidenen Waren, nach Spiegeln, Messern, Scheren, Nadeln und dergleichen Gerätschaft, die man ihnen zeigte, weil sie solches alles in ihrem eigenen Lande haben«, heißt es in einem Bericht.

Erst Ende des 18. Jahrhunderts versuchte Rußland erneut, nach Japan vorzustoßen. Dabei ging es nicht allein darum, Japan für den Handel mit Rußland zu öffnen, sondern die Versorgung von Rußlands nordpazifischen Eroberungen mit Nahrungsmitteln zu sichern. Ein Vorstoß ins Amurbecken und die fruchtbaren Ebenen der Mandschurei seit der Mitte des 17. Jahrhunderts war am Widerstand der Chinesen gescheitert. Die Verträge von Nertschinsk 1689 (der erste Vertrag, den das chinesische Reich mit einer europäischen Macht schloß) und Kjachta (1728) hatten die Region den Chinesen garantiert, dafür aber russischen Händlern Handelsrechte in China selbst gewährt. Im letzten Viertel des 18. Jahrhunderts waren mehrere Versuche privat finanzierter russischer Expeditionen, Japan zu öffnen, gescheitert, und nicht nur an der kompromißlosen Weigerung der Japaner – der letzte Versuch, 1780, spektakulär, als nach heftigen Erdbeben eine vierzehn Meter hohe Tsunamiwelle die russischen Schiffe von den Ankern riß und vierhundert Meter weit aufs Land schleuderte.

Das Interesse der Regierung, diesmal Katharinas der Großen, wurde wiederum durch japanische Schiffbrüchige geweckt. Der Plan, ihre Repatriierung als Vorwand zu nutzen, erneut Kontakt mit Japan aufzunehmen, fand die Zustimmung der Zarin, und schon im Oktober 1792 landete ein Schiff mit den japanischen Schiffbrüchigen in Hokkaido, wo es überwintern mußte. Die russische Bitte um Handelserlaubnis wurde von der Regierung in Edo, dem heutigen Tokyo, abgelehnt. Nach heftigen Protesten und der Drohung, die Schiffbrüchigen nicht zu übergeben, wurde ihnen schließlich ein Dokument überreicht, das den einmaligen Besuch eines russischen Schiffes in Nagasaki erlaubte.

Es sollte zwölf Jahre dauern, bis die Russen diese Erlaubnis nutzten. Auf Befehl Alexanders I. wurde Nikolai Resanow beauftragt, nach Japan zu segeln, Handelsrechte zu verlangen und zugleich die Kurilen und Sachalin im Hinblick auf eine russische Eroberung zu erkunden. Resanow wurde in Nagasaki freundlich empfangen, händigte den Offiziellen einen Brief des Zaren und Geschenke für den Shogun aus und wartete auf die Antwort aus Edo. Nach langen sechseinhalb Monaten traf diese Antwort schließlich ein: Jegliche Handelsbeziehungen wurden abgelehnt. Verständlicher-, aber undiplomatischerweise explodierte Resanow, beschimpfte die Beamten, drohte ihnen mit dem Zorn des Zaren und beanspruchte alle Inseln nördlich von Hokkaido für Rußland.

Mit zwei jungen Offizieren, Chostow und Dawidow, plante Resanow Rache. Während er selber auf dem Weg nach Sankt Petersburg in Sibirien starb, begannen die beiden Offiziere mit ihren Schiffen einen Privatkrieg gegen Japan. 1806 landete Chostow auf Sachalin, ließ Geiseln nehmen, plündern und sämtliche Gebäude niederbrennen. Er verfaßte eine Proklamation, worin er die Weigerung Japans, Handel zu treiben, verdammte, und drohte, das gesamte nördliche Japan zu verwüsten. Im Frühling des nächsten Jahres suchten er und Dawidow die Kurilen heim. Wiederum wurde ein Dokument hinterlegt, worin den Japanern bei Nichteingehen auf die russischen Wünsche weitere Strafaktionen angekündigt wurden. Etwa fünfzig Jahre vor der dann tatsächlich erfolgenden gewaltsamen Öffnung Japans durch den Amerikaner Commodore Perry hatten also russische Offiziere bereits damit gedroht, und es war nicht nur bei Drohungen geblieben. Die Shogunatsregierung war nun ernsthaft besorgt, übernahm selber die Verteidigung der Nördlichen Territorien und schickte Verstärkungen dorthin. Die Geschichte der russischen Bedrohung Japans, die japanische Wahrnehmung Rußlands als Bedrohung hatte begonnen.

Im September 1821 erließ Zar Alexander I. einen Ukas, wonach die nördlich des 50. Breitengrades gelegenen Teile der nordamerikanischen wie nordasiatischen Landmassen mit den Kurilen und Südsachalin ausschließlich seinen Untertanen vorbehalten waren. Ausländischen Schiffen war es verboten, dort zu landen oder sich den Küsten auf weniger als hundert italienische Meilen zu nähern. Das war einer der Gründe für die Monroe-Doktrin der Amerikaner von 1823, die keineswegs nur die süd- und mittelamerikanischen Teile des Kontinents vor Interventionen von außen schützen sollte, sondern auch die nordpazifischen Küsten und Gebiete. Denn lange bevor die USA auf dem Landweg die pazifische Küste erreicht hatten, gehörte der Pazifik zur amerikanischen Interessensphäre.

Die sich abzeichnende Kollision Rußlands und Amerikas im pazifischen Raum kam auch darin zum Ausdruck, daß nur einen Monat nachdem Commodore Perrys schwarze Schiffe Juli 1853 in der Bucht von Edo aufkreuzten und die Öffnung des Landes zu erzwingen begannen, vier russische Kriegsschiffe unter dem Kommando Admiral Putjatins mit demselben Ziel in den Hafen von Nagasaki segelten, wo sie wiederum abgewiesen wurden. Aber Putjatin gab nicht auf, und allen Widerständen und Katastrophen zum Trotz (er verlor sein Schiff in japanischen Gewässern) gelang es ihm schließlich, im Vertrag von Shimoda 1855 handelspolitisch für Rußland dasselbe zu erreichen wie Perry für die USA. Damit hatte er ein besseres Ergebnis erzielt als Großbritannien, das sich – wie Frankreich – ebenfalls an der gewaltsamen Öffnung Japans beteiligte. Großbritannien, Rußland, Japan und die USA: Diese vier Länder sollten die Geschichte des nordpazifischen Raums bis zum Ersten Weltkrieg bestimmen.

Es war kein Zufall, daß Putjatin zur gleichen Zeit in japanischen Gewässern aufkreuzte wie Perry; man hatte in Rußland von den Plänen der Amerikaner gehört und versuchte, ihnen zuvorzukommen. Das war Teil neuer russischer Expansionspläne, die der Verfall der chinesischen Macht ausgelöst hatte. Rußland wandte sich wiederum nach Süden: nach Sachalin, ins Amurbecken, die Mandschurei.

Das China der Mandschus, einst selber ein aggressiv expandierendes Imperium, war durch innere Probleme, den Opiumkrieg und andere kriegerische Interventionen der europäischen Mächte, mehr aber noch durch die Katastrophe des Taiping-Bürgerkrieges geschwächt. Eine Revision der russisch-chinesischen Verträge von Nertschinsk und Kjachta schien unschwer erreichbar zu sein. Und tatsächlich gelang es Rußland, sich durch diplomatisches Geschick und Glück, Drohungen und Gewaltanwendung 1860 das riesige Gebiet nördlich des Amur und östlich des Ussuri anzueignen, das wie ein Elefantenkopf auf Sachalin und ins Japanische Meer vorstößt, wobei der Rüssel weit nach Süden reicht, bis zur koreanischen Grenze. Nicht weit entfernt davon wurde 1860 eine Stadt mit dem programmatischen Namen Wladiwostok gegründet: Beherrsche den Osten. Zwar wurde die nordpazifische Flotte Rußlands dorthin verlegt, aber auch Wladiwostok war noch kein ganzjährig eisfreier Hafen. Der mußte noch weiter südlich gefunden werden: Port Arthur am Gelben Meer. Außerdem gewährten die Chinesen Rußland freie Schiffahrt auf dem Amur, dem Ussuri und dem Sungari, der mitten durch die Mandschurei fließt.

Um Korea und die Mandschurei sollte dann der russisch-japanische Krieg von 1904/1905 entbrennen. Einen Vorgeschmack darauf bot 1861 die gewaltsame russische Besetzung von Tsushima, den zwischen Japan und Korea sowie dem Japanischen und Chinesischen Meer gelegenen japanischen Inseln, über die stets der Kontakt und Handel Japans mit Korea erfolgt war. Ein britisches Marineaufgebot und diplomatische Proteste vertrieben die Russen schließlich, aber den Japanern war einmal mehr die Bedrohung durch Rußland vor Augen geführt worden.

Korea war – und ist – ein leidgeprüftes Land. Es war, wie der Amerikaner Don Oberdorfer schreibt, »ein Land von der falschen Größe am falschen Platz«: Seine geringe geographische Ausdehnung und politische Macht entsprachen nicht seiner großen strategischen Bedeutung. Es hat in seiner zweitausendjährigen Geschichte nicht weniger als neunhundert Invasionen über sich ergehen lassen müssen und fünf längere Zeiten der Okkupation durch ausländische Mächte. Und die geostrategische Situation Ende des 19. Jahrhunderts entsprach diesem Muster. 1876 drängt Japan diesem konservativsten, isolationistischsten und rückständigsten Land Ostasiens einen Vertrag auf nach dem Muster eben jener ungleichen Verträge, die ihm selbst noch vor kurzem von den westlichen Mächten aufgezwungen worden waren. Ab 1882 folgten eine Reihe solcher Verträge mit anderen Mächten, darunter auch Rußland, das um die strategische Bedeutung Koreas wußte und danach trachtete, es sich zu unterwerfen. »Uns ist aufgetragen, das Schicksal Koreas als eines Bestandteils des russischen Imperiums zu erfüllen«, erklärte der russische Außenminister Graf Lamsdorff. 1894/95 führten China und Japan Krieg um Korea. China erlitt eine vernichtende Niederlage und mußte im Frieden von Shimonoseki Koreas Unabhängigkeit anerkennen und Japan neben einer enormen Geldsumme Taiwan überlassen. Im Streit um Korea hatte Rußland nun China als Hauptantagonisten Japans abgelöst.

Rußlands Industrialisierung begann Ende des 19. Jahrhunderts, und unter der Leitung des großen Sergej Witte wies das Land bald die höchsten wirtschaftlichen Wachstumsraten der Welt auf. Unter seiner Leitung wurde 1891 mit dem Bau der transsibirischen Eisenbahn begonnen – einem beeindruckenden Projekt, dessen Verwirklichung gar schneller als geplant voranschritt. Um die extrem schwierige Streckenführung nach Wladiwostok entlang des Amur zu vermeiden, wurde eine mehr als fünfhundert Kilometer kürzere Linie quer durch die Ebenen der Mandschurei vorgeschlagen. Witte gelang es, 1896 Chinas Zustimmung dazu zu erlangen. Japans Befürchtungen hinsichtlich der russischen Expansion wurden noch verstärkt, als Zar Nikolaus II. – gegen den Rat und Wunsch Wittes – 1898 Port Arthur und Dairen besetzte. Und es kam noch schlimmer: Um seine Interessen in der Mandschurei zu sichern, zog Rußland seine zur Niederschlagung des Boxeraufstandes aufgebotenen Truppen nicht 1900 wie die anderen beteiligten Mächte aus China ab, sondern ließ sie in der Mandschurei. Proteste Japans, Englands und der USA blieben erfolglos. Und Rußland begann auch, über den Yalu nach Korea vorzudringen, wie um das Wort des japanischen Außenministers Komura wahrzumachen: »Wenn die Mandschurei zum Eigentum Rußlands wird, kann auch Korea nicht unabhängig bleiben.«

Einen Lichtblick für Japan stellte die englisch-japanische Allianz von 1902 dar, die Japan nicht nur seine Gleichberechtigung mit den großen Mächten dokumentierte, sondern auch den Rücken für den drohenden Krieg mit Rußland freihielt. Wohl auch als Reaktion auf dieses Bündnis versprach Rußland, seine Truppen bis Oktober 1903 aus der Mandschurei abzuziehen. Im Sommer dieses Jahres entließ der Zar jedoch Witte, den unermüdlichen Warner vor einem Krieg mit Japan, lehnte einen japanischen Vorschlag ab, der die Mandschurei Rußland überließ und Korea den Japanern, und brach dann das Versprechen des Truppenrückzugs. Japan sah keinen anderen Ausweg als den Krieg, zumal sich Rußlands Position ständig verbesserte und die neue transsibirische Eisenbahn die Versorgung und Verstärkung der russischen Truppen in Ostasien erheblich erleichterte.

Der russisch-japanische Krieg begann am 8. Februar 1904. Eine Gruppe japanischer Kreuzer erschien vor dem koreanischen Hafen Inchon, wo Truppen an Land gehen sollten. Ein russisches Kanonenboot war gerade dabei, den Hafen zu verlassen, kehrte aber beim Anblick der Kreuzer um. Torpedos der Japaner und Geschützfeuer des russischen Kanonenboots waren die ersten Schüsse des Krieges. Zwei russische Kriegsschiffe versuchten dann, zwischen den japanischen hindurch auf die offene See zu gelangen, wurden jedoch in einer einstündigen Schlacht so beschädigt, daß sie in den Hafen zurückkehren mußten, wo ihre Kapitäne sie versenkten. Der Hauptteil der russischen Pazifikflotte aber lag in Port Arthur: nicht weniger als sieben Schlachtschiffe und sechs Kreuzer. In der Nacht begannen zehn japanische Zerstörer einen Überraschungsangriff auf die im Hafen liegende russische Flotte. In nur wenigen Minuten wurden zwei Schlachtschiffe und ein Kreuzer auf den Grund des Hafens torpediert. Am 9. Februar erschien fast die gesamte japanische Flotte Admiral Togos vor Port Arthur und bombardierte die Küstenbatterien, die Stadt und die russischen Schiffe.

In den folgenden Monaten versuchten die Japaner, die russische Flotte in Port Arthur zu blockieren, und die Russen versuchten auszubrechen, was zu mehreren Gefechten zur See führte, bei denen sie jedoch erfolglos blieben. Unverzichtbar für Japan war es, das Japanische Meer soweit gesichert zu wissen, daß seine Truppen und deren Nachschub ungehindert auf das asiatische Festland gelangen konnten. Und Japan hatte es eilig: Rußland standen weitaus mehr personelle und materielle Ressourcen zur Verfügung und es konnte so Verluste leichter ausgleichen als Japan.

Die Schlachten zu Lande folgen alle demselben Muster: Japan siegt, aber nicht entscheidend – die russischen Truppen können sich, wenn auch oft unter hohen Verlusten, zurückziehen, neu formieren und auf den ununterbrochenen Nachschub an Truppen und Material vertrauen, den die schneller werdende sibirische Eisenbahn heranschafft. Die Belagerung von Port Arthur vom Lande aus beginnt im Juni 1904, im August beginnen die Angriffe mit ungeheuren Verlusten für die Japaner. Anfang Dezember wird der 203-Meter-Hügel eingenommen, für den 14000 Japaner und 5000 Russen fallen. Von diesem Hügel aus kann die schwere Artillerie Stadt und Hafen beschießen: Das ist das Ende der russischen Flotte in Port Arthur. Am 2. Januar 1905 kapituliert die Stadt. Aber lange kann sich Japan solche Siege finanziell und personell nicht mehr leisten. Nach der großen Schlacht von Mukden im Frühjahr 1905 stehen kaum noch ausgebildete Reservisten bereit.

Angesichts der hohen Verluste an Kriegsschiffen und der Notwendigkeit, Japan die Herrschaft über das Meer zu entreißen, entschließt man sich im Juni 1904 in Sankt Petersburg, von Europa aus eine Flotte nach Asien zu schikken, die diese Probleme lösen und damit den Krieg für Rußland gewinnen soll. Die Geschichte der wahrhaft epischen, erstaunlichen und bewundernswerten Fahrt dieser Armada von über fünfzig Schiffen um die halbe Welt ist oft beschrieben worden – von der Ostsee ging es im Oktober 1904 durch den

Atlantik um Kap Horn nach Madagaskar und von dort über Singapur nach Vietnam, bis die Flotte schließlich nach siebeneinhalb Monaten in japanischen Gewässern angelangt war. »Eine der größten logistischen Leistungen in der Kriegsgeschichte«, schreibt ein Militärhistoriker.

Die russische Flotte fuhr am Abend des 26. Mai in die Koreastraße ein und nahm Kurs aufs Japanische Meer, den Weg östlich der Tsushima-Inseln wählend. Wetter und Sicht waren schlecht genug, um hoffen zu können, unentdeckt zu bleiben. Denn noch wußte niemand in Japan, wo sich der Feind zu dieser Zeit befand und welchen Weg nach Wladiwostok er wählen würde. Aber Admiral Togo hatte richtig vermutet und ließ die Meerengen zwischen Japan und Korea patrouillieren. Am Morgen des 27. Mai sichtete dann die Shinano Maru die russische Flotte. Im Planquadrat 203: Das wurde als gutes Omen gedeutet, erinnerte es doch an den 203-Meter-Hügel, dessen Eroberung den Japanern den Sieg in Port Arthur gebracht hatte.

Vom Resultat der Schlacht, den enormen russischen Verlusten an Schiffen und Menschen aus zurückblickend, könnte man den Eindruck gewinnen, es hätte sich um eine völlig einseitige Schlacht gehandelt, in der die Russen kaum mehr gewesen wären als hilflose Zielscheiben. Zumal in der ersten halben Stunde kämpfte die russische Flotte jedoch nicht nur entschlossen, sondern auch erfolgreich. Das erste Schiff, das um 14.25 Uhr aus der Kampfformation ausscheren mußte, war kein russisches, sondern der japanische Kreuzer Asama. Togos Flaggschiff wurde früh und oft getroffen, Togo selber verwundet, wenn auch nur leicht. Verwundet wurde auch Admiral Misu auf dem Kreuzer Nisshin, und der Geschützturm der Yakumo wurde außer Gefecht gesetzt. In den ersten Minuten widerlegten die Russen alle pessimistischen Voraussagen, beschädigten drei der feindlichen Einheiten und trafen mehrere andere.

Ein Problem für die Russen bestand darin, daß sie – aufgrund technischer Umstände – nicht wußten, wie genau und wie oft sie getroffen hatten. Das wirkte demoralisierend, denn daß die Japaner genau und oft trafen, merkten die Russen bald am eigenen Leibe. Die verheerende Wirkung der japanischen Munition und alle anderen Vorteile der japanischen Schiffe und Mannschaften zusammen mit einer immer geringer werdenden Distanz zwischen den beiden Schlachtreihen ließen bald den japanischen Sieg erkennbar werden. Nach der ersten halben Stunde, dem entscheidenden Höhepunkt der Schlacht, stellte die russische Flotte keine ernsthafte Gefahr mehr dar.

Der japanische Sieg in der Seeschlacht von Tsushima war ein Sieg noch überwältigender als der von Trafalgar hundert Jahre früher. Die Russen hatten 4830 Tote zu beklagen, die Japaner 117; fast 6000 Russen waren Gefangene, fast 2000 interniert. Von den 52 russischen Schiffen erreichten drei Wladiwostok (ein Kreuzer und zwei Zerstörer), die Japaner verloren drei Torpedoboot-Zerstörer; ihre beschädigten Schiffe waren allesamt reparierbar. Der Sieg in der Seeschlacht von Tsushima bedeutete den japanischen Sieg im Krieg mit Rußland und damit den ersten Sieg einer nichtwestlichen Macht über eine europäische. Er ermutigte die jungen antikolonialistischen und nationalistischen Unabhängigkeitsbewegungen von China über Indien bis in die arabische Welt und trug so zum Ende des imperialistischen Weltsystems bei.

Zu Beginn des 20. Jahrhunderts hatte das britisch dominierte Weltsystem in Ostasien das alte sinozentrische System endgültig abgelöst – der Boxeraufstand war das letzte Aufbäumen des imperialen China gewesen. Das Zeitalter des Imperialismus hatte einen ersten Prozeß der Globalisierung geschaffen, der alle – *fast* alle – Länder der Erde integrierte und voneinander abhängig machte: das »erste wirkliche Weltsystem der Weltgeschichte«, wie der Historiker Imanuel Geiss schreibt.

Die technischen Grundlagen dafür waren mit immer schneller werdenden Dampfschiffen und Eisenbahnen, Telegraphen und Funkverkehr gegeben. Der damals entstandene Begriff »Weltpolitik« war insofern durchaus realistisch. Der alte Freihandelsimperialismus, dem es vor allem um die – wenn nötig gewaltsame – Öffnung von Märkten gegangen war, wurde zunehmend durch die Schaffung autarker, nach außen ebenso expandierender wie abgeschotteter national-imperialer Wirtschaftsräume abgelöst. Fast überall in der Welt gingen die protektionistischen Zollschranken herunter. Die Kolonien sollten dabei Rohstoffe und Nahrungsmittel liefern und als Märkte für die Industrieprodukte aus dem Mutterland dienen. Seemacht galt als Ausweis und Garant des Großmachtstatus, der Herrschaftssicherung und -erweiterung, und nicht nur Deutschland, sondern auch die USA, Rußland und Japan hatten begonnen, mit England auf diesem Gebiet zu wetteifern. Die politische Ideologie der Epoche war nicht länger ein liberaler Nationalismus, sondern ein Nationaldarwinismus, der die Völker in einem unbarmherzigen Überlebenskampf befangen sah. So waren die Nationen in dieser globalen Ordnung des Nullsummenspiels einerseits aufeinander bezogen und andererseits gegeneinander gestellt.

Der wichtigste Ort, wo die imperialistischen Mächte der Zeit aufeinanderstießen, war China, und das Problem Ostasien hatte Vorrang bei den Großmächten. Der Streit um China wurde zum Höhepunkt des europäischen Imperialismus, worunter freilich die Chinesen selbst am meisten zu leiden hatten: »Alle Nationen Europas lassen in China die Hölle auf Erden los, … Gottes Fluch auf sie alle gleichermaßen!« schrieb damals der Engländer W. S. Blunt. Der chinesische Markt – und mehr noch sein Potential als seine reale Größe – übten eine unwiderstehliche Anziehungskraft aus: auf Briten wie Japaner, Amerikaner wie Russen, Deutsche wie Franzosen. Der 1897 vom Deutschen Reich geforderte »Platz an der Sonne« meinte zuallererst einen Platz in China!

Wichtig für den russisch-japanischen Konflikt und seine Folgen waren auch Großbritannien und die USA – und zwar ex negativo – durch ihr Beiseitestehen: die eine Macht, weil sie nicht mehr stark genug zum Eingreifen war, die andere, weil sie dazu noch nicht stark genug war. Die USA, die mit der Kolonisierung der Philippinen und der Annexion Hawaiis, der Marianen und Guams auch im pazifischen Raum nun offen und formell als imperialistische Macht agierten, betrachteten den Aufstieg Japans beunruhigt und mißtrauisch. Wie konnte der Expansion des Konkurrenten Rußland entgegengetreten werden, ohne zugleich den Konkurrenten Japan zu stärken und umgekehrt? Die Vereinigten Staaten sahen seit ihrer Gründung den Pazifik und den pazifischen Raum als ihre Interessensphäre und waren dort schon sehr früh wirtschaftlich, diplomatisch, militärisch aktiv. Die seit dem Beginn des 19. Jahrhunderts zu hörenden Slogans vom Pazifik als der »Meeresbraut Amerikas«, als »Thronsitz eines Imperiums« – sprich amerikanischen Imperiums –, als »das große Reich der Zukunft«, Teil des »Manifest Destiny«, der geoffenbarten Bestimmung Amerikas, daß »die USA an Hawaii, Japan und China grenzten« – all diese Slogans werden am prägnantesten zusammengefaßt in einem Schlager aus der Zeit des Zweiten Weltkriegs: »to be specific, it's our Pacific!« 1897 erklärte Präsident Roosevelt, die USA sollten »die dominierende Macht im pazifischen Raum werden«.

So weit war es um 1900 noch nicht, obwohl die USA mittlerweile zur stärksten Wirtschafts- und Industrienation der Welt geworden waren. Aber spätestens seit jener Zeit datiert ein Grundprinzip amerikanischer Ostasienpolitik, nämlich dort für ein Gleichgewicht der Mächte zu sorgen und ebensowenig wie in Europa das Aufkommen einer hegemonialen Macht zu dulden, die Amerika bedrohen könnte. Die USA sorgten deshalb mit ihrer Friedensdiplomatie dafür, daß Japan nicht allzu sehr von seinem Sieg profitieren konnte. Präsident Theodore Roosevelt bot seine Dienste als Vermittler an, und unter seiner Leitung fanden im August 1905 die Friedensverhandlungen in Portsmouth, New Hampshire, statt, wofür *er* den Friedensnobelpreis erhielt, Japan aber sehr viel weniger als erwartet. So gehörten auch die USA zu den Siegern von Tsushima.

Zu Beginn des 21. Jahrhunderts, hundert Jahre nach Tsushima, ist Nordostasien wieder eine Krisenregion, eigentlich hat sie nie aufgehört, eine zu sein. Auch heute kollidieren hier die Interessen der großen Mächte, ja die Hauptakteure sind – mit Ausnahme Englands – dieselben, aber sie haben ihre Rollen und gegenseitigen Beziehungen geändert. Während der russisch-japanische Krieg im Rahmen eines britisch dominierten Weltsystems stattfand, wird das heutige globalisierte Weltsystem von den USA dominiert, und zwar wirtschaftlich und militärisch stärker als damals von Großbritannien. Der Beginn des 20. Jahrhunderts sah Europa auf dem Höhepunkt seiner weltweiten Macht, die folgenden hundert Jahre sahen deren Niedergang. Aus dem bipolaren System des Kalten Krieges, als sich die USA und die UdSSR als gleichstarke Mächte gegenüberstanden, wurde 1989 mit dem Zusammenbruch der eurasischen Macht ein unipolares: Es gibt, so scheint es, nur noch eine Weltmacht, die auch den pazifischen Raum dominiert.[1]

---

1 Eine den gesamten nordpazifischen Raum umfassende geschichtliche Darstellung bietet Walter A. McDougall, *Let the Sea Make a Noise … A History of the North Pacific from Magellan to MacArthur*. New York: Basic Books 1993. Auch heute noch lesenswert sind Klassiker wie Karl Haushofers *Geopolitik des pazifischen Ozeans* (1924) und Homer Leas *The Valor of Ignorance* (1909).

Im gegenwärtigen Weltsystem hat sich der Schwerpunkt vom Atlantik und von Europa zum Pazifik und nach Ostasien verlagert. Das »pazifische Jahrhundert« wurde angekündigt und nun gar das »chinesische Jahrhundert«, in dem China die Vormachtrolle der USA übernehmen wird. Könnte es sein, daß wir heute schon den Anfang vom Ende der amerikanischen Macht erleben – so wie der Anfang des vorigen Jahrhunderts den des britischen Imperiums erlebte? »Und wo bleibe ich da?« ist der Europäer versucht zu fragen. Am Rande wahrscheinlich: marginal.

Mehr noch vielleicht als Verarmung und Verfall schaffen der wirtschaftliche und militärische Aufstieg von Nationen Konflikte und bringen das ohnehin nur labile Gleichgewicht eines internationalen oder regionalen Systems ins Schwanken. So verhielt es sich im 19. Jahrhundert mit China und Korea einerseits, Japan und den USA andererseits. In den vergangenen fünfzehn Jahren wirkten sich vor allem der Machtverfall der Sowjetunion und die Verarmung Nordkoreas sowie der Aufstieg Chinas destabilisierend aus. So verschlechterten sich durch das Ende der Konfrontation des Kalten Krieges die Beziehungen zwischen China und den USA, die zuvor gemeinsam Gegner der Sowjetunion gewesen waren; das gilt entsprechend für das chinesisch-japanische Verhältnis. Nordkorea befand sich seit 1989 in einer immer desolater werdenden Situation, jedoch vermochte sich das Regime an der Macht zu halten, wobei sicher seine Nuklearpolitik mitentscheidend war.

Die gegenwärtig auf Abschaffung dieser Nuklearpolitik zielenden Sechsergespräche zeigen uns die alten Akteure, aber die Rollen haben sich gewandelt. Und die Bedeutung der Region hat noch zugenommen. Zu den dort heute aneinandergrenzenden und aufeinanderstoßenden Staaten gehören mit den Vereinigten Staaten, Rußland und China die drei führenden Militär- und Nuklearmächte der Welt, Nordkorea ist Militärmacht Nummer fünf, und auch Japan und Südkorea sind militärisch starke Staaten, wirtschaftlich ohnehin. Mit Japan, den USA und bald auch China treffen dort die drei führenden Wirtschaftsnationen der Welt aufeinander, und Südkorea ist ebenfalls eine ökonomische Großmacht. Hier wird, ob die Beteiligten dies nun wollen oder nicht, *Weltpolitik* gemacht. Und wie vor hundert Jahren geht es bei den Auseinandersetzungen um Korea auch und wesentlich um China.

Staaten haben Interessen, und wenn sie in einem Welt- und regionalen System aufeinander bezogen sind, führt dies in der Regel zu Interessenkonflikten, im schlimmsten Fall zu bewaffneten Konflikten. Während die andere große Konfliktregion, Europa, nach dem Zweiten Weltkrieg konfliktvermeidende und konfliktvermittelnde Institutionen und Bündnisse wie die EU, Nato, KSZE, Europarat geschaffen hat, die ganz gut funktionieren, ist das in Ostasien nicht der Fall. Ein Blick auf die aktuellen Konflikte zwischen den ostasiatischen Staaten zeigt das bedrohliche Konfliktpotential der Region. Da sind zunächst die politisch-ideologischen Konflikte. Demokratien, so heißt es, sind nicht nur weniger gewaltsam nach innen, sie führen auch gegeneinander keine Kriege – wohl aber gegen nichtdemokratische Staaten. Die USA, Südkorea und Japan sind Demokratien, Rußland ist ein halbdemokratisch-autoritärer Staat, China eine Diktatur und Nordkorea die wohl tyrannischste totalitärste Diktatur der Welt. Generell stehen sich – teilweise auch innerhalb eines Staates – Liberalismus und Individualismus westlicher Provenienz, die das Primat der Menschenrechte fordern, und traditioneller oder moderner Kommunitarismus und Etatismus gegenüber, die das Kollektiv über die Rechte des Einzelnen stellen.

Kontrovers sind auch die Vorstellungen über die wünschenswerte Struktur des internationalen Systems: China, Nordkorea, Rußland und zunehmend auch Südkorea erstreben ein multipolares System, das die unipolare amerikanische Dominanz überwindet, Japan dagegen sieht darin und im amerikanisch-japanischen Bündnis die Grundlage seiner Sicherheit. Ähnlich wurde vor hundert Jahren von einigen Staaten versucht, das britisch dominierte System auszuhebeln. Das war einer der Gründe für den Ersten Weltkrieg in Europa.

An diesen Bemühungen um eine multipolare Ordnung beteiligt sich heute auch die EU, und nicht zuletzt in Ostasien. EU-Kommissar Chris Patten erklärte: »Europa sieht China ... als strategischen Freund.« Das Land gilt offiziell als »strategischer Partner« der EU. Beobachter sprechen bereits von einer »sich anbahnenden Achse in der Weltpolitik«. Diese Freundschaftspolitik gegenüber China, nennen wir sie einmal versuchsweise Appeasement, kann sich die EU eben deshalb leisten, weil sie *keine* geostrategischen Interessen in Ostasien hat, sondern vor allem wirtschaftliche und vor allem in China (mit keinem anderen Land hat die EU ein größeres Handelsdefizit als mit China). Deshalb auch wollte die EU – Deutschland und Frankreich vor allem – im März dieses Jahres das Waffenembargo gegen China aufheben, um dessen dringenden Wünschen entgegenzukommen, den nicht weniger dringenden Protesten der USA und Japans zum Trotz. Anfang Mai 2005 sprach sich auch der EU-Außenbeauftragte Solana für eine Aufhebung des Waffenembargos aus: Dies sei ein wichtiger Schritt, um ein Vertrauensverhältnis zu Peking aufzubauen. Zu dem demokratischen Taiwan unterhält keiner der EU-Staaten mehr diplomatische Beziehungen: Das künftige Vertrauensverhältnis zur chinesischen Diktatur erlaubt das nicht.

Die EU versucht nun auch, Teilnehmer der Sechsergespräche zu werden: Die EU hat Nordkorea bereits insgesamt 650 Millionen Dollar Hilfe gewährt, und alle EU-Staaten außer Frankreich haben diplomatische Beziehungen zu Nordkorea aufgenommen. China und Nordkorea begrüßen die Interventionsversuche der EU im Hinblick auf eine Schwächung der US-Position und der Stärkung multipolarer Tendenzen. Die im Verlauf des 20. Jahrhunderts aus Ostasien verdrängten europäischen Staaten scheinen sich nun in Gestalt der EU wieder am dortigen Spiel der Mächte beteiligen zu wollen. Unter die ideologisch-politischen Konfliktpunkte ist auch die Vergangenheitspolitik der Länder zu zählen: der politische Gebrauch der Geschichte. Das gilt vor allem für das Verhältnis Chinas und der beiden Koreas zur japanischen Kolonisierung und Aggression, zu japanischen Massakern und Kriegsverbrechen in der Zeit bis 1945. Für Nordkorea gehört der Antijapanismus zur Staatsreligion.

Die Atomwaffen Nordkoreas, ob real oder nicht, und der Bau und Verkauf von Mittel- und Langstreckenraketen stehen aktuell im Zentrum des Interesses, zumal als Reaktion darauf eine Nuklearrüstung Japans, Südkoreas und auch Taiwans befürchtet wird. Langfristig sind jedoch die Rüstungsanstrengungen Chinas viel wichtiger für die Region. Das chinesische Militär wächst jährlich um mehr als 10 Prozent; gegenwärtig betragen die Ausgaben dafür achtzig Milliarden Dollar, was China zur drittgrößten Militärmacht der Welt macht. Und dieses Wachstum ist nicht nur ein quantitatives, sondern geht einher mit einer radikalen Modernisierung der Streitkräfte und der Konzentration auf Luftwaffe und Marine. Ein Flugzeugträger ist im Bau, die Hochseeflotte wird vergrößert, und zahlreiche auch atomgetriebene U-Boote lassen Chinas militärische Macht weit in den Pazifik hinaus reichen. Sie werden bald die Dominanz der US-Marine bedrohen. Wie um 1900 wird gerade der Bau einer Hochseeflotte als Machtanspruch und Bedrohung wahrgenommen.

Hinzu kommt die chinesische Raketenrüstung: Chinas Mittelstreckenraketen können nun auch Japan und die US-Stützpunkte der Region treffen. China wird nicht müde zu betonen, daß sein wirtschaftlicher Aufstieg ein friedlicher sei und keine Machtansprüche nach außen beinhalte – das ist nicht recht glaubhaft angesichts der Tatsache, daß die wirtschaftlichen Wachstumsraten noch von denen der Rüstung übertroffen werden. Nach Expertenmeinungen wird China frühestens 2006, spätestens 2012 »eine ernsthafte Bedrohung« darstellen. Japan hat nun zum erstenmal offiziell seine Besorgnis über die chinesischen Rüstungsanstrengungen zum Ausdruck gebracht – zusammen mit den USA, mit denen das Land auch ein gemeinsames Raketenabwehrsystem errichten will, was wiederum China empörte. Andererseits beunruhigen Japans langsame Abkehr von seiner offiziell pazifistischen Position und sein Wunsch, ein »normales Land« zu werden, seine Nachbarn – während die USA dies befürworten. In dem Jahrzehnt 1993-2002 stiegen die Rüstungsausgaben in der Welt durchschnittlich um 3 Prozent. In Ostasien stiegen sie in diesem Zeitraum um durchschnittlich 22 Prozent.

Territoriale Konflikte, das heißt die Ansprüche zweier oder mehrerer Staaten auf dasselbe Stück Land, haben sich historisch als äußerst brisant erwiesen, und Ostasien war und ist voll davon. Japan allein ist gegenwärtig bereits in drei derartige Konflikte verwickelt: mit Rußland um die südlichen Kurilen, mit Südkorea um die Takeshima- beziehungsweise Dokdo-Inseln, mit China um die Senkaku- beziehungsweise Diaoyu-Inseln. Im Januar dieses Jahres veröffentlichte Japan seinen Plan zur Verteidigung dieser Inselgruppe, wozu 55 000 Soldaten, Flugzeuge, Schiffe und U-Boote aufgeboten werden sollen. Im März verschlechterten sich die Beziehungen zwischen Japan und Südkorea abrupt, als der japanische Botschafter die traditionelle Position seines Landes in der Frage der Takeshima-Inseln wiederholte. Das sei ein »imperialer Akt«, ein Versuch, die Kolonisierung Koreas zu rechtfertigen, und mache alle bisherigen japanischen Entschuldigungen dafür nichtig, so Südkoreas Präsident Roh.

China hat in der Praxis nie Zweifel daran gelassen, daß es bei territorialen und Grenzstreitigkeiten Gewalt anzuwenden bereit ist – man denke an Korea[2], Indien, Tibet, die Sowjetunion, Vietnam 1979, und hat diese Position gerade eben nochmals in seiner Erklärung zu Taiwan deutlich gemacht. Nach dem Zweiten Weltkrieg waren von den Staaten der Welt nur die USA an mehr kriegerischen Auseinandersetzungen beteiligt als China. Der Konflikt um Taiwan ist der aktuell bedrohlichste für die Region.

Langfristig wird auch der Streit um die im südchinesischen Meer gelegenen Spratley-Inseln, an dem alle Anrainerstaaten beteiligt sind, von Bedeutung sein. China hat dort bereits gegen die Philippinen und Vietnam militärische Gewalt angewendet. Zwar ist Ostasien nicht direkt davon betroffen, indirekt aber schon: Die Spratley-Inseln haben einen hohen strategischen Wert, da sie eine der Hauptschiffahrtsrouten der Welt kontrollieren können, was gerade für Ostasien von vitalem Interesse wäre, zum Beispiel was seine Erdölversorgung aus dem Nahen Osten betrifft.

Das geteilte Korea mit der am höchsten militarisierten Zone der Welt entlang des 38. Breitengrades bleibt trotz aller Entspannung durch Südkoreas »Sunshine-Politik« in einem Spannungszustand. Auch eine friedliche Vereinigung des Landes würde Korea als Kernzone der regionalen Konflikte nicht aus dem Kräftespiel der dort aufeinanderstoßenden Mächte herausnehmen, sondern nur neue Konfliktpotentiale schaffen. Chinas dynamisches wirtschaftliches Wachstum in den letzten zwanzig Jahren und seine weltweiten Folgen sind bekannt, kaum ein anderes Ereignis im Rahmen der Globalisierung war derart folgenreich – und destabilisierend. China hat wesentlichen Anteil an der Deindustrialisierung der traditionellen Industrieländer, einschließlich Japans. Durch den »China price« – den Preis, den ein Unternehmen anbieten oder unterbieten muß, um in der Konkurrenz mit chinesischen Produkten bestehen zu können – werden weltweit die Preise der Industriegüter gesenkt. Zugleich treibt China durch seinen Erdöl- und Rohstoffbedarf deren Preise immer weiter nach oben, was es wiederum schwieriger macht, mit dem China-Preis zu konkurrieren. Ein Circulus vitiosus. Wie vor hundert Jahren sind auch heute wieder der chinesische Markt und die billige chinesische Arbeitskraft das El Dorado der Epoche. Und heute ein sehr viel realeres. Es scheint, als werde über Chinas Wirtschaftsmacht und seine politischen, militärischen und kulturellen Folgen langsam das alte sinozentrische System wiederhergestellt.

Die überwältigende Wirtschaftsmacht Chinas erzeugt nicht nur neue Chancen und Gewinne, sondern auch Spannungen und Verluste: Konflikte also, die auch anders als ökonomisch ausgetragen zu werden drohen, zumal in Ostasien selbst. Vielleicht am beunruhigendsten ist das Wiederaufkommen eines aggressiven, zuweilen fanatischen und rassistischen Nationalismus in der Region – und seine Förderung und Pflege durch staatliche Erziehung und Propaganda. Hier sind neben dem ohnehin zu erwartenden Nordkorea

---

2 Gegen Uno-Truppen. Im Februar 1951 erklärte die Uno die Volksrepublik China zu einem »wilful aggressor«.

vor allem China und Südkorea zu nennen. Henry Kissinger sah sich dabei an den europäischen Nationalismus im 19. Jahrhundert erinnert. Herrschaftssicherung und Herrschaftslegitimierung durch Nationalismus ist offenbar ein allzu oft erprobtes Mittel, als daß Regierungen in Not einfach nein dazu sagen könnten.

In China hat der Nationalismus den Kommunismus als herrschende Ideologie abgelöst. Seit dem Schock der Demokratiebewegung und den Ereignissen auf dem Tiananmenplatz vor mehr als fünfzehn Jahren hat die chinesische KP mit der nationalistischen Erziehung und Indoktrinierung der Bevölkerung einen Ausweg aus ihrem Legitimationsproblem gefunden. Darunter haben vor allem die Japaner und dann die Amerikaner zu leiden. (So sind etwa, Umfragen zufolge, die jungen Chinesen viel antijapanischer als ihre Eltern und Großeltern, die noch selbst unter der japanischen Aggression zu leiden hatten.)

Die gegenwärtige Regierung Südkoreas ist dem chinesischen Beispiel gefolgt, bedurfte andererseits in Sachen Antijapanismus und Xenophobie auch keines Nachhilfeunterrichts. »Ein wiedererwachender Nationalismus ist der wichtigste Faktor in der Region«, heißt es in einem Forschungsbericht.

Ostasien ist heute nicht weniger Konfliktregion als vor hundert Jahren. Und die Möglichkeit eines neuen Krieges dort sollte man realistischerweise nicht als gering einschätzen.

Philosophiekolumne

Hybrid

Von Christoph Türcke

Drei bis vier Jahrzehnte wurde kaum beachtet, was Gregor Mendel bei seinen Erbsen- und Bohnenzüchtungen im Garten des Brünner Augustinerklosters herausgefunden hatte. Erst zu Beginn des 20. Jahrhunderts würdigte die akademische Genetik seine Befunde über dominante und rezessive Vererbung und verbuchte sie als Mendelsche Gesetze. Nicht hingegen interessierte sie sich für das Bedeutungsregister, das bei Mendel mitschwang, wenn er seine Pflanzenkreuzungen »Hybride« nannte. Er war noch Altphilologe und Theologe genug, um die Grundbedeutung des griechischen Wortes *hybris* zu kennen: Selbstüberhebung; Übertretung der kreatürlichen Grenzen, die eine höhere Instanz, heiße sie nun Naturordnung oder Gott, den Individuen zugemessen hat – den menschlichen, versteht sich. Als hybrid wurden in der Antike mythische Exponenten des Menschheitsgeschicks gezeichnet: Ikarus, als er zu hoch flog, Ödipus, als er dem Orakelspruch entgehen wollte, Adam und Eva, als sie von der verbotenen Frucht aßen.

Aber hybride Erbsen? Um auf so etwas zu kommen, mußte der Naturbegriff erst eine dezidiert neuzeitliche Wendung nehmen und sich in spezifischer Weise mit »Reinheit« verbinden. Das geschah bei Mendel einigermaßen arglos. Untereinander, so hatte er entdeckt, pflanzen grüne Erbsen das Merkmal »grün« gewöhnlich »rein« fort, während grüne Erbsen, die aus einer Kreuzung mit gelben stammen, zwar genauso grün aussehen, schon in der nächsten Generation aber gelbe Nachkommen haben können, genetisch also nicht mehr so »rein« grün sind wie optisch. Die Unterscheidung von reiner und gemischter Merkmalsvererbung ist zunächst genauso unverdächtig wie die von reinem Wein und Schorle. Werden aber Erbsenkreuzungen »hybrid« genannt, dann kommt im Nu eine ungeheure Unterstellung ins Spiel: Die naturgemäße Fortpflanzungsweise ist die reinrassige; Mischlinge weichen davon ab; sie übertreten die Naturordnung.

Die Tragweite dieser Unterstellung war Mendel nicht deutlich, das Wort »Pflanzenhybrid« vielleicht vorrangig ein verschlüsseltes Geständnis: daß ihm, dem frommen Augustiner, selbst nicht ganz wohl bei seinen Experimenten war, daß er sich nicht sicher fühlte, ob sie dem Willen des Schöpfers konform, ob seine Zucht nicht in gewisser Weise Unzucht war – was Gott geschieden hat, soll der Mensch nicht zusammenfügen. Das ändert nichts daran, daß »hybrid« als substantiviertes Fremdwort für Mischling eine manifest rassistische Sprachregelung darstellt. »Neger« ist geradezu harmlos dagegen. Wäre dieses Wort durch seine Mißbrauchsgeschichte nicht bis zur Unverwendbarkeit beschädigt, es wäre nichts dagegen einzuwenden, ist es doch bloß das lateinische Wort für »schwarz«, das für sich genommen nicht im geringsten dazu auffordert, Menschen schwarzer Hautfarbe als »minderwertig« zu erachten, während »hybrid« schon von sich aus »widernatürlich« oder »artfremd« im Schilde führt.

Ist das den Genetikern entgangen, oder hat es sie nur nicht gestört, weil um 1900 die Vorstellung von der Natur als Zuchtanstalt, in der die höheren Arten und Rassen zu erhalten und vor der Vermischung mit minderen zu schützen seien, nahezu ein naturwissenschaftliches Paradigma war? Jedenfalls vermochte die Genetik, als sie für Mischling »Hybrid« setzte, den Anschein zu erwecken, als bereichere sie ihr wissenschaftliches

Vokabular lediglich um ein weiteres gewichtig klingendes Fremdwort.

Tatsächlich hat die naturwissenschaftliche Approbation auf das Wort wie eine semantische Wäsche gewirkt. Hernach vermochte »Hybrid« derart unschuldig neutral daherzukommen, daß es von der Sprachpolizei der *political correctness*, die jeden, der »Studenten« statt »Studierende« sagt, sogleich der Verunglimpfung von Studentinnen verdächtigt, nie beanstandet wurde. Mehr noch: »Hybridkultur« avancierte in den neunziger Jahren zur sozial- und kulturwissenschaftlichen Kennmarke für das spezifisch Neue unserer postsozialistischen Epoche.[1]

Wie das? Die Natur ist doch immer schon gewesen, was Donna Haraway so schön mit G.O.D. abgekürzt hat: *generator of diversity*.[2] Ohne permanent durch Modifikation und Mutation von ihren eigenen Gegebenheiten abzuweichen, wäre sie bei Einzellern geblieben und nie zu einer Evolution gelangt. Es gäbe uns gar nicht. Sie ist ein gigantischer Mischer und Mischling in einem. Und mit der Kultur verhält es sich nicht grundsätzlich anders. Was wäre das Abendland ohne die antiken Schmelztiegel an den Küsten des Mittelmeers? Im Sinne der semantischen Wäsche ist die Bibel ein durch und durch »hybrides« Buch, das Christentum eine »hybride« jüdisch-griechisch-römisch-germanische Gemengelage, die Kultur des amerikanischen Kontinents eine vielfältige koloniale Mixtur, »Hybridkultur« kaum mehr als eine Tautologie.

Woher also bekommt das Wort seine Faszination? Von den graduellen Steigerungen? Die sind nicht zu leugnen. Unter dem spezifisch ökonomischen Innovationszwang, der mit dem Kapitalismus in die Welt kam, hat sich die Vermischung von Sozialstrukturen, Wertschätzungen, Lebensstilen und Geschmackskulturen enorm beschleunigt, und die Mikroelektronik hat diese Dynamik noch einmal potenziert. Die Konfliktlinien zwischen progressiven und konservativen, avantgardistischen und konformistischen Positionen in philosophischen, politischen oder ästhetischen Diskursen verschwimmen. Vor lauter Mischung gewinnen die Gemische kaum mehr greifbare Kontur, ganz wie das *Kommunistische Manifest* es 1848 voraussah: »Alle festen eingerosteten Verhältnisse mit ihrem Gefolge von altehrwürdigen Vorstellungen und Anschauungen werden aufgelöst, alle neu gebildeten veralten, ehe sie verknöchern können.«

Aber damit nicht genug. Es scheint so etwas wie Schallmauern der gesamten Kultur zu geben, die in den letzten Jahren durchbrochen wurden. Donna Haraway nennt drei: Erstens »Sprache, Werkzeuggebrauch, Sozialverhalten, Geist, nichts ist mehr übrig, das die Trennungslinie zwischen Mensch und Tier überzeugend festzulegen vermag – und viele sind auch nicht mehr von der Notwendigkeit einer solchen Trennungslinie überzeugt ... Die Tierrechtsbewegung basiert nicht auf der irrationalen Verleugnung der Einzigartigkeit des Menschen, sondern auf der klarsichtigen Erkenntnis einer sehr realen Verbundenheit, die quer zu dem diskreditierten Bruch zwischen Natur und Kultur verläuft.«

Zweitens die Differenz »zwischen Tier-Mensch (Organismus) und Maschine«. »Die Maschinen des späten 20. Jahrhunderts haben die Differenz von natürlich und künstlich, Körper und Geist, selbstgelenkter und außengesteuerter Entwicklung ... höchst zweideutig werden lassen. Unsere Maschinen erscheinen auf verwirrende Weise quicklebendig – wir selbst dagegen aber beängstigend träge.«

---

1 Vgl. Irmela Schneider / Christian W. Thomsen (Hrsg.), *Hybridkultur. Medien – Netze – Künste*. Köln: Wienand 1997.

2 Donna Haraway, *Die Neuerfindung der Natur. Primaten, Cyborgs und Frauen*. Frankfurt: Campus 1995.

Drittens: »Die Grenze zwischen Physikalischem und Nichtphysikalischem ist nur noch sehr unscharf für uns ... Moderne Maschinen sind quintessentiell mikroelektronische Geräte, allgegenwärtig und unsichtbar ... Unsere besten Maschinen sind aus Sonnenschein gemacht«: »aus nichts als Signalen, elektromagnetischen Schwingungen, dem Ausschnitt eines Spektrums«.

Mit diesen epochalen Durchbrechungen, so Haraway, arbeite der Hightech-Kapitalismus als sein eigener Totengräber. Zwar habe er »immenses menschliches Leid« gebracht, aber seine zerstörerische Kraft beginne auch die elementaren Leidverursacher selbst aufzulösen: jene einschränkenden Dualismen – neben Mensch-Tier, Organismus-Maschine vor allem Subjekt-Objekt, Einheit-Vielheit, Geist-Natur, männlich-weiblich –, die seit Jahrtausenden Herrschaftsverhältnisse festschreiben. Die große Aufgabe der Zukunft bestehe darin, »die Verwischung dieser Grenzen zu *genießen* und *Verantwortung* bei ihrer Konstruktion zu übernehmen« – eine reizvolle Perspektive vor allem für Frauen, die beim dualistischen Verständnis von männlich und weiblich immer den Kürzeren gezogen haben.

Die semantische Wäsche hat den Begriff »Hybrid« so unverdächtig gemacht, daß er unter gewandelten Verhältnissen zum Hoffnungsträger avancieren kann. »Cyborg«, der Cyberorganismus, der weder als Mensch oder Tier, Organismus oder Maschine eindeutig zu identifizieren ist, scheint als die hybride Daseinsweise auf, die endlich die dualistischen Spaltungen, die die Menschheit – vor allem ihr männlicher Teil – in die Natur gebracht hat, überwinden könnte.

Diese Vision verrückt auch die Koordinaten der Gesellschaftskritik. Einem Feminismus, der die Natur des Weiblichen von männlicher Unterdrückung befreien will, einem Marxismus, der die vom Kapital geknebelte Subjektivität der Werktätigen und Arbeitslosen entfesseln möchte, bescheinigt Haraway gleichermaßen, im Dualismus befangen zu bleiben – eine Kritik, die Michael Hardt und Antonio Negri vor allem in *Multitude* fortentwickelt haben.

Die traditionellen sozialen »Körper« der Nationalstaaten und ihrer Institutionen, so ihre These, sind in Auflösung begriffen. Statt dessen gewinnen einerseits bestimmte formelle und informelle Regime wie Uno und EU, G 8 und IWF an regulierender Kraft, andererseits bleibe die Konkursmasse der zerfallenden Staaten zurück, eine globale Biomasse aus Mensch und Maschine samt ihren ebenso geistigen wie technischen Möglichkeiten eines neuen Zusammenwachsens. »Dieses lebendige soziale Fleisch, das keinen Körper bildet«, »ist reines Potenzial, eine noch ungeformte Lebenskraft und damit ein Element sozialen Seins, das fortwährend auf die Fülle des Lebens abzielt«; aber es »kann einem schnell monströs erscheinen«.

Die Bedrohung, die es auf ein dualistisches Wahrnehmungssystem ausübt, habe eine exemplarische literarische Gestaltung in der Figur des Vampirs gefunden. Er fungiert »als Symbol für die ›Ungeheuerlichkeit‹ einer Gesellschaft, in der die traditionellen sozialen Körper wie etwa die Familie zusammenbrechen«, weshalb »Vampire in den letzten Jahren so viele populäre Romane, Filme und Fernsehserien bevölkern«. Der Vampir verlangt unersättlich und bisexuell »nach Fleisch«, »sein erotischer Biß trifft Frauen und Männer gleichermaßen« und schafft »seinen eigenen, völlig anders gearteten Reproduktionsmechanismus«, nämlich eine neue, »ewig fortlebende Art der Untoten«. Die vampirische Ungeheuerlichkeit aber »hilft anderen zu erkennen, daß wir alle Ungeheuer sind – Schulabbrecher, sexuelle Abweichler, Freaks, Überlebende pathologischer Familien und so weiter. Wichtiger noch: Die Ungeheuer beginnen neue, andersartige Netzwerke der Zuneigung und der sozialen Organisation auszubilden.«

Die Umwertung des Ungeheuren ist allerdings selbst schon eine altehrwürdige Denkfigur; nur durch sie etwa ist das tödliche Folterinstrument Kreuz zum Rettungssymbol einer Weltreligion mutiert. Und die Umwertung, die Haraway und Hardt/Negri vorschwebt, ist zwar grundstürzend radikal gemeint; sie will sich nicht mit höheren Kapitalsteuern, besseren Tarifverträgen, weniger Doppelbelastung für Frauen, geringerer Auslaugung der Naturressourcen begnügen, sondern etwas qualitativ anderes als den globalen Kapitalismus in Gang setzen. Aber die Vorstellungen von Cyborg und Vampir geraten dabei in nächste Nähe zur Denkweise radikalster Verfechter kapitalistischen Fortschritts.

Die juristische Durchsetzung gentechnisch behandelter Organismen als Patente, bei der seit den achtziger Jahren die Bioindustrie entscheidende Siege errungen hat, basiert vor allem, wie Jeremy Rifkin in *Das biotechnische Zeitalter* eindringlich gezeigt hat, auf einem Argument: »Allein die Tatsache, daß etwas biologisch ist und sich selbst reproduziert, unterscheidet es ... noch lange nicht von einem Apparat, den man aus Schrauben, Muttern und Bolzen zusammengeschraubt hat.« Und Ray Kurzweil, der Pionier der Nanotechnologie, sieht in seiner wissenschaftlichen Vision *Homo sapiens* kommen, daß jene Computer, die uns gegenwärtig nur auf Bildschirmen eine virtuelle Realität präsentieren, in wenigen Jahrzehnten so winzig sein werden, daß sie in den menschlichen Körper eingepflanzt werden können. Rechnerimplantate werden ihm eine sprunghafte Erweiterung der Sinnesempfindung, der Wahrnehmungs- und Gedächtnisleistung bescheren und eine neue, erfüllte Erlebniswelt eröffnen, in der virtuelle und reale Realität bis zur Ununterscheidbarkeit verschmolzen sind, während Bioimplantate den Alterungsprozeß erheblich verlangsamen.

Kurzweils Cyborg, lediglich eine kühne Hochrechnung des gegenwärtigen technischen Stands und völlig konform mit der bestehenden Gesellschaftsordnung, ist gewiß das krasse Gegenstück zum Cyborg Haraways, der bei der radikalen Umwälzung dieser Ordnung entstehen soll. Und dennoch sehen sich beide verdammt ähnlich. Beide machen die Rechnung ohne den Wirt: den Eigensinn der Natur. Eigensinn ist nicht zu verwechseln mit Essenz. Selbstverständlich ist die Natur in ständiger Bewegung, hochgradig modellierbar und keineswegs jenes feste, von göttlicher Weisheit geordnete Gefüge statischer Gattungen und Arten, als das sich die Metaphysik sie lange genug vorgestellt hat.

Aber ihre Modellierbarkeit ist nicht unbegrenzt. Die Grenzen sind selbst nicht fix und genau vorhersehbar; sie hängen vom Stand der Naturbeherrschung ab. Und sie haben gewöhnlich das Tückische, sich erst bemerkbar zu machen, wenn sie überschritten sind. Wie weit sich ein Bogen spannen ließ, stellt sich heraus, wenn er überspannt ist; wie viel Schadstoffbelastung ein Biotop vertrug, wird offenbar, wenn es kippt.

Als Frau wird man nicht geboren, man wird dazu gemacht, sagte Simone de Beauvoir; aber nicht aus allem, was geboren wird, läßt sich eine Frau machen. Der Eigensinn der Natur ist zwar weder ganz starr noch an sich gut oder böse; aber er ist da. Er gehört zu den Bedingungen aller Modellierung und läßt sich nicht selbst wegmodellieren. Wer glaubt, er könne das, überhebt sich und läßt nolens volens den antiken Elementarsinn von *hybris* wiederkehren.

Genau das geschieht bei jener Konzeption von Cyborgs, die, nicht Fisch, nicht Fleisch, nicht Mensch, nicht Maschine, für eine neue, transduale Realität stehen sollen. Als ob Dualität erst ein menschliches Konstrukt sei und nicht längst schon zu den Entwicklungsbedingungen der Natur gehört, also zu ihrem Eigensinn. Als ob ferner Dualität als solche gewalttätig sei und nicht erst ihr asymmetrisches Verhältnis. Zwischen Dualität und Dualismus nicht unterscheiden, mit diesem auch jene loswerden wollen ist wie Beinbruch durch Beinamputation kurieren. Da waren die alten theologischen Utopien differenzierungsstärker. »Kalb und Löwe weiden zusammen«, sagt Jesaia in seiner Friedensvision, und »das Kind streckt die Hand in die Höhle der Schlange«. Versöhnung kann es nur zwischen Unterschiedenen geben, und so hütete er sich, befriedete Natur als ein Reich von Kalblöwen oder Kindschlangen zu imaginieren.

Mischgestalten, von der antiken Chimäre über den Vampir bis zu den dadaistischen Manifesten, sind zunächst einmal, ob man will oder nicht, Schreckgestalten. Sie stellen geltende Orientierungssysteme in Frage. Als Männer- oder Bürgerschreck können sie die Rolle einer produktiven Irritation spielen. Als Begründer einer neuen transdualen Logik sind sie einfach bloß Totgeburten, zumal gerade sie einen alten schöpfungstheologischen Dualismus wiederkehren lassen.

Hyle heißt auf griechisch jener qualitäts- und widerstandslose Urstoff, aus dem der göttliche Weltarchitekt einst den Kosmos geformt haben soll. Der Stoff aber, aus dem die neuen Cyborgs sind, ist die reaktivierte *hyle*: die Fiktion einer Biomasse, die bereit ist, sich zu allen erdenklichen Mischgestalten kneten zu lassen und nur eine Grenze kennt – Mangel an technischem Know-how. Der aber verringert sich täglich. Haraway sieht bereits »Frauen und andere gegenwärtige, illegitime Cyborgs« am Werk, »die nicht von der Frau geboren wurden«, »nicht einfach von der Bildfläche verschwinden«, sondern Anstalten machen, »die Texte ihrer Körper und Gesellschaften aktiv umzuschreiben«.

Diese sich von Geburt und Tod emanzipierenden Mischgestalten sind noch in einem andern Sinne hybrid als beabsichtigt: Produkte einer sich überhebenden Phantasie, die mit ihrer Biomasse rigoroser verfährt als der platonische Demiurg je mit seiner *hyle*. Dabei bietet die Software der Hochtechnologie durchaus softe Möglichkeiten der Naturmodellierung, von der Rohstoffgewinnung bis zur Chirurgie – Möglichkeiten, die sowohl dem Eigensinn der Natur Rechnung tragen, als auch an das alte Mißverhältnis von Produktivkräften und Produktionsverhältnissen erinnern, dem die Hightech-Variante des Kapitalismus keineswegs entwachsen ist. Auch sie eröffnet Chancen friedlichen globalen Zusammenlebens, die ihre Marktgesetze zugleich hintertreiben. Und auch im 21. Jahrhundert gilt: Bilder befriedeter Natur werden nie ganz die Gartenatmosphäre los. Es haftet ihnen unaustreiblich etwas Romantisches an. Sie sind nicht *cool*.

Deshalb laufen besonders radikale Kritiker, die schlechterdings mit aller Tradition brechen wollen, zum konstruktivistischen Mainstream über: zu Bildern gekneteter Natur. Es sind Gewaltbilder, die sich doppelt vermessen: sowohl in ihrer Degradierung des Naturstoffs als auch in der Überschätzung menschlicher Gestaltungskräfte. Und so feiert der alte Sinn von *hybris* ausgerechnet in jenen Hightech-Hybriden fröhliche Urständ, die ganz von ihm gereinigt scheinen. Wie die Natur, so lassen auch Worte nicht alles mit sich machen. Wo ihre Grundbedeutung besonders gründlich weggewaschen werden soll, bleibt sie als Rubbelstelle um so markanter zurück.

Politikkolumne

Israel oder Mutter Teresa als Besatzerin

Von Christoph von Marschall

Weit höher als die untergegangene Berliner Mauer recken sich die grauen Betonsegmente in den Jerusalemer Himmel, sieben bis acht Meter hoch. Sie versperren den Blick – als sollte jedes Gespür dafür getötet werden, daß die Welt jenseits weitergeht, daß auch dort Menschen wohnen. Menschen, die vor wenigen Monaten noch diesseits eingekauft haben, zur Schule gegangen oder in den Bus zum Stadtzentrum gestiegen sind. Schwer faßbar ist dieser Anblick, zumal für Besucher aus Berlin. »Sharon, Bush, Blair – Terrorists«, klagen die Graffiti an, »Vom Warschauer Ghetto zum Abu-Dis-Ghetto« und »Israel lives on stolen land«. Arabische oder hebräische Graffiti gibt es nicht, nur englische. Man ahnt, wen das beeindrucken soll.

Eigentlich ist dieses Viertel, wo Ost-Jerusalem in den Vorort Abu Dis übergeht, schon tiefes Palästinenserland. Gleich hinter der Mauer steht das palästinensische Parlament, dort wollte Jassir Arafat die Hauptstadt seines Staates bauen – seinem Volk, den arabischen Brüdern und der übrigen Welt sollte Abu Dis als die ersehnte Palästinenserhauptstadt Jerusalem (Ost) verkauft werden. Es ist sehr leicht, an diesem Ort Wut zu empfinden, Wut auf die Regierung Scharon, die dabei ist, ganz Ost-Jerusalem zu annektieren und die diese Mauer einen Beitrag zum Frieden nennt.

Tags zuvor war es gerade umgekehrt, beim Besuch in Ramallah, dem Sitz der Autonomiebehörde. Schmucke Villen ziehen sich über die Hügel, als sei dies ein Luftkurort für Millionäre. Wer gerade eben noch, bei der Ausfahrt aus Jerusalem ins Westjordanland, vorbei am Flüchtlingslager Kalandia, Sympathie mit den ärmlichen Palästinensern hatte, die an den Checkpoints von israelischen Soldaten drangsaliert werden und die entwürdigende Behandlung wohl nur dulden, weil sie ihren Familien irgendwie das Überleben sichern müssen, kann nur erschrecken über diesen obszön zur Schau gestellten Reichtum der Oberschicht. Hat sie noch irgendein Gespür für den Alltag ihrer Bürger?

Im German House, dem Sitz der deutschen Hilfsorganisationen für die Palästinensergebiete, hängt gleich im Eingang eine Landkarte des Nahen Ostens, wie man sie hier angeblich in jedem zweiten Laden kaufen kann. Palästina besteht nur aus dem Westjordanland und dem Gazastreifen, die Israel im UN-Teilungsplan zugesprochenen Gebiete sind weiß – als solle jeder Gedanke, daß der jüdische Staat eine bleibende Realität ist, abgetötet werden. In den Straßen des palästinensischen Regierungssitzes hängen Wahlplakate, auf denen junge Männer mit Maschinenpistole und Patronengurt posieren. Es ist sehr leicht, in Ramallah Wut zu empfinden, Wut auf die palästinensische Elite, die sich selbst als friedenswillig darstellt und ihr Volk als Opfer, aber nichts gegen jene unternimmt, die Israels Existenzrecht leugnen und mit Terrorismus Wahlkampf betreiben.

Nach solchen Erlebnissen fragt man sich, wie sich bei diesem konfrontativen Verhalten der Führungen jemals eine Chance auf Frieden eröffnen kann. Wie der für diesen Sommer geplante Rückzug Israels aus dem gesamten Gazastreifen und dem nördlichen Drittel des Westjordanlands möglich sein soll. Andererseits war das Abflauen der Gewalt in diesem Klima möglich. Vielleicht kann sich also doch eine positive Dynamik entfalten, in der die spürbaren Erfolge der Kompromisse die Friedensbereitschaft immer weiter verstärken?

Beide Seiten sind erschöpft, überall hört man dies als Haupterklärung für die relative Ruhe nach vier Jahren Intifada mit dem tödlichen Kreislauf aus Selbstmordanschlägen und Vergeltung. Arafats Tod kam hinzu, als tiefe Zäsur. Sein Nachfolger Mahmud Abbas hielt schon zuvor Gewalt für die falsche Option – für eine Strategie, mit der sich die Palästinenser selbst schaden. In der Intifada ist die palästinensische Wirtschaft auf die Hälfte geschrumpft. Das durchschnittlich Pro-Kopf-Einkommen ist von 1700 auf unter 900 Dollar gesunken, die Armutsquote auf 70 Prozent gestiegen, heißt es in israelischen Ministerien. Israel hat mehr als 1100 Tote durch Selbstmordanschläge zu beklagen – wie wäre wohl die Stimmung in der Bundesrepublik, wenn binnen vier Jahren 15000 Deutsche Opfer von Terroranschlägen geworden wären?

Es stimmt: Zunächst einmal hat das Leid die Menschen zusammengeschweißt gegen den Feind. Lange befeuerte dieser Mechanismus die Gewaltbereitschaft beider Seiten während der zweiten Intifada. Aber irgendwann wurden Verzweiflung und Erschöpfung stärker als der Wunsch, den Gegner durch Steigerung der Schmerzen in die Knie zu zwingen.

Viele Jahre liegt der letzte Besuch in Israel zurück. Heute fällt vor allem auf, wie sehr sich der politische Mainstream nach rechts verschoben hat. Die Stimme der Intellektuellen europäischer Prägung, der Kompromißbereiten und Friedenswilligen, mit denen sich leicht ein Gefühl der Geistesverwandtschaft finden läßt, ist immer noch vernehmbar, aber nicht mehr dominant. Auch bei ihnen sitzt der Schock tief, daß die vielen Friedensprozesse der letzten fünfzehn Jahre scheiterten, angefangen von Madrid und Oslo, wo »peace just around the corner« zu warten schien; daß Arafat 2000 in Camp David den angebotenen Kompromiß ablehnte, als ihm »die taubenmäßigste Regierung, die Israel je hatte«, gegenüber saß.

»Als Arafat auf der Rückkehr der Flüchtlinge ins israelische Kernland bestand, da wußten wir: Es geht ihm nicht um die Grenzen von 1967 und das Prinzip Land gegen Frieden«, sagt einer aus dem Friedenslager. »Sondern bei dieser Frage geht es um unser Existenzrecht. Wenn wir die vier Millionen Nachkommen der 750000 Flüchtlinge von 1947/48 in den jüdischen Staat aufnehmen müssen, das wäre das Ende. Dann können wir einpacken und zurück nach Europa.« Ein anderer zieht den Schluß: »Die Palästinenser schaffen es nicht, sich von der Rolle des Opfers zu lösen und ihre Angelegenheiten selbst in die Hand zu nehmen.« Premier Ariel Scharon, den man in Europa gemeinhin einen Rechten nennt, gilt in Israel als Mann der Mitte.

Zum Mainstream, freilich eher zu seiner rechten Hälfte, zählt Efraim Inbar, Politikprofessor an der Bar-Ilan-Universität in Tel Aviv. Er weiß, daß seine schonungslosen Lageanalysen den typischen Europäer verstören – ja, er scheint geradezu Spaß an der machiavellistischen Provokation zu haben. Der UN-Teilungsplan von 1948 und die Grenzen von 1967 sind für ihn Geschichte. Die Palästinenser hätten mehrfach den Fehler gemacht, die internationalen Vorschläge abzulehnen, und statt dessen auf Konfrontation gesetzt – die sie jedes Mal verloren hätten. Für Fehler müsse man bezahlen, so sei die Welt. Israel könne sich heute mit vollem Recht mehr Land nehmen, als die Internationale Gemeinschaft ursprünglich zugestehen wollte. Überhaupt diese großen Worte: »internationale Gemeinschaft«, »Völkerrecht«. Im Sudan könne man sehen, was sie im Zweifel wert seien und wieviel die Schwüre, nie wieder einen Genozid zuzulassen. »Wir betreiben Machtpolitik. Und wenn ihr Europäer unbedingt eine völkerrechtliche Begründung hören wollt – bitte sehr, dann werden wir euch eine liefern. Unsere Rechtsinterpretation ist so gut wie jede andere.«

Judäa und Samaria, wie Inbar das Westjordanland nennt – Gemäßigte sprechen von »den Gebieten«, Linke von »den besetzten Gebieten« –, sind für ihn »umstrittenes Territorium«. »Wir haben es besiedelt, also ist das unser Land.« Die Palästinenser hätten sich bisher als unfähig zur Gründung eines Staates erwiesen. »Wer das Gewaltmonopol gegen Terrorgruppen nicht durchsetzen kann, hat keinen Anspruch auf einen eigenen Staat.« Letzte Woche erst habe die »Sittenpolizei« der Hamas in Gaza eine junge Frau getötet, nur weil sie ohne weitere Aufsicht mit ihrem Verlobten im Auto saß, was angeblich gegen die islamische Sittlichkeit verstoße. Israels Abzug aus Gaza ist für Inbar »ein Experiment, ob sie es schaffen«. Wenn nicht, dann müsse eben jemand anders die Verantwortung für die Sicherheit dort übernehmen, am besten Ägypten, wie vor 1967. »Lieber eine verläßliche Diktatur als Nachbar als ein schwacher Palästinenserstaat.«

Strenger geht der Likudabgeordnete Uzi Landau mit dem Abzugsplan seines Parteifreundes Scharon ins Gericht. Er gehört dem Flügel an, der in der Gaza-Frage gegen die eigene Regierung gestimmt hat. Der Abzug werde die Gefahr für Israels Bürger erhöhen, weil keine Armee mehr die Gewalttäter kontrolliere und durch Vergeltung abschrecke oder zumindest den Waffenschmuggel sowie den Bau von Kassam-Raketen verhindere. Zudem würden die Terrorgruppen den Abzug nicht als Entgegenkommen und Friedenssignal betrachten, sondern als Sieg ihrer Anschlagsstrategie vermarkten – wie schon bei Israels Abzug aus dem Südlibanon. Es ist keine kleine Fraktion in Scharons Likud, die so denkt.

Man kann sich der Frage nach Israels politischem Gemütszustand auch von der anderen Seite nähern. Mordechai Kremnitzer gilt als ein regierungskritischer Verfassungsjurist. 2000 wurde er zum Vorsitzenden des Presserats gewählt, er saß in mehreren Untersuchungsausschüssen zur Anwendung polizeilicher Gewalt, ist Direktor des Minerva Zentrums für Menschenrechte an der Hebräischen Universität. Kremnitzer kritisiert »Israels Distanz zum Völkerrecht«. Die »gezielten Tötungen« von Terrorverdächtigen nennt er ohne Abstriche »rechtswidrig«. Aber selbst er äußert gleichzeitig »Verständnis, daß eine Regierung in der Lage Israels kaum darauf verzichten kann«, um ihre Bürger zu schützen.

Und er unterstreicht, daß es doch vor allem Israels Demokratie und Israels Rechtsstaat sei, der den Palästinensern überhaupt einen Schutz gegen Übergriffe und unverhältnismäßige Maßnahmen biete. Ihre eigene Führung gebe ihnen bis heute weder das eine noch das andere. Israel sei beides zugleich für die Palästinenser: Besatzungsmacht und »Mutter Teresa«. Israels Oberster Gerichtshof hat den Verlauf des Sperrzauns korrigiert – und grundsätzlich geurteilt: Die Regierung muß die Grenzen von 1967 respektieren. Allerdings dürfe der Zaun in begründeten Fällen auch einmal abweichen, er bilde noch keine neue Grenze.

Den Unterschied zwischen dem demokratischen Rechtsstaat Israel und der Diktatur oder Anarchie im Gebiet der palästinensischen Autonomiebehörde heben auch Araber hervor wie Walid Al-Omary, Palästinakorrespondent des arabischen Fernsehsenders »Al Dschasira« mit Sitz in Ramallah und ansonsten kein Freund Israels. In den israelisch beherrschten Gebieten gebe es klare Gesetze für seine Arbeit, und in Konfliktfällen könne er den Rechtsweg beschreiten. Probleme habe er dagegen in den palästinensisch kontrollierten Zonen, dort herrsche Willkür.

Mitglieder der palästinensischen Führung, die häufig Kontakt mit Besuchern aus dem Westen haben, gestehen solche Defizite unumwunden ein. »Wir haben viele Fehler begangen«, sagt Hanan Aschrawi. Sie war Sprecherin der Delegation bei den Friedenskonferenzen, Bildungsministerin, heute leitet sie eine Organisation zur Förderung von Demokratie und Frauenrechten und sitzt im Legislativrat. »1991 dachten wir, zuerst müssen wir Frieden schließen, um

Rechtsstaat und Demokratie können wir uns später kümmern. Heute denken viele umgekehrt: Erst müssen wir das Gewaltmonopol, die Herrschaft des Rechts und eine funktionierende Demokratie sichern, sonst kommt der Friedensprozeß nicht voran. Tatsächlich muß beides Hand in Hand gehen.«

Aschrawi weiß genau, wie sie Eindruck auf Europäer macht: durch eine kluge Mischung aus Selbstkritik, Angriffen auf Israel und der Warnung vor einer Machtübernahme der Extremen. Professor Inbars Folgerung, daß die Palästinenser für die Fehler auch mit Landabtretungen im Friedensprozeß bezahlen werden, ist für Aschrawi unannehmbar. »Wir sind ja bereit, unser Land mit Israel zu teilen – durch Anerkennung des UN-Teilungsplans und der Grenzen von 1967. Noch mehr kommt nicht in Frage.« Einvernehmlicher Gebietstausch sei auch annehmbar, nicht aber Israels Politik einseitiger Schritte.

Arafats Fatah-Bewegung bleibt nach ihrer Darstellung die dominante politische Kraft, doch Hamas und andere extreme Gruppen gewinnen an Zulauf, weil sie im Gegensatz zur Fatah nicht als korrupt gelten. Israel habe die Hamas stark gemacht, als Konkurrenz zur Fatah. Wenn Scharon wirklich Frieden und einen berechenbaren Partner wolle, müsse er jetzt den Siedlungsbau stoppen, Tausende gefangene Palästinenser, die wegen Gewaltakten einsitzen, freilassen, die Checkpoints der Armee abbauen und den Bau des Sperrzauns beenden, denn der sei ein »Diebstahl von Land und Wasser«.

Awni Al-Mashni, mit 48 Jahren ein Vertreter der »jungen« Fatah-Generation, gibt sich friedenswillig und kämpferisch zugleich. Frieden könne es nur geben, wenn Israel umdenke; vom eigenen Umdenken ist bei ihm nicht die Rede. »Sie können nicht das Land und den Frieden haben. Wenn sie unser Land behalten, geben wir ihnen keinen Frieden.« Dann sei eine neue Intifada wahrscheinlich. Ja, räumt er ein, es gebe eine Auseinandersetzung, wieviel Demokratie sich die Fatah leisten könne. Die »Alten« – gemeint sind Arafats über 60 Jahre alte Weggefährten – glauben, daß sie einen Anspruch auf die politischen Posten haben; die »Jungen« im Alter von 45 bis 50 machen ihnen den streitig. Es scheint keine klare Trennung zwischen militärischem Rang in den Sicherheitsdiensten (oder auch Terrorgruppen) und dem politischen Amt zu geben, eher eine machtpolitische Verknüpfung. Und ganz am Rand ist auch vom Anspruch der heutigen Feldkommandeure im Alter zwischen 25 und 35 die Rede.

Mahmud Al-Labadi, Verwaltungsdirektor des Legislativrats, bittet um Verständnis, wie schwierig es für jede palästinensische Führung sei, gegen Gewalttäter vorzugehen und Menschen festzunehmen, nur weil sie mit Bomben gegen die Besatzung kämpfen. »Von Zeit zu Zeit unternehmen wir etwas, wenn uns die Amerikaner sehr drängen.« Daß in allen offiziellen Amtszimmern ein Porträt von Arafat hängt, doch keines des aktuellen Präsidenten Abbas, erklärt er damit, daß Abbas »ein bescheidener Mann« ist, der »da gar nicht hängen wolle«. Man sieht ihm an, wie ungewohnt es für ihn ist, mit Frauen im Parlament zu sitzen und gar gemeinsam vor Gästen zu repräsentieren. Es gebe jetzt diese Vorschriften über die Mindestrepräsentation, in jedem Rathaus müßten mindestens zwei Frauen sitzen. Aber »das Minimum ist zugleich das Maximum, das die Gesellschaft erträgt«.

Wie lebendig zeigt sich dagegen Israels Zivilgesellschaft. Unzählige Institute, Vereine und Hilfsorganisationen bemühen sich, ihre Gesellschaft und auswärtige Gäste über den Alltag der Palästinenser und der in Israel lebenden Araber aufzuklären und Alternativen zur Regierungspolitik zu entwerfen. Das Friedenszentrum Givat Haviva liegt nahe der schmalsten Stelle Israels – gerade einmal 13 Kilometer sind es von der Mittelmeerküste bis Tulkarm, der palästinensischen Stadt im Westjordanland. Die schmale Küstenebene ist das wirtschaftliche Herz Israels, dort leben 54

Prozent der 5,8 Millionen Einwohner. Tulkarm war eines der Zentren der Intifada.

Lydia Aisenberg, 1969 aus Großbritannien nach Israel eingewandert, ist zur Spezialistin für diese Grenzregion geworden und für den Irrsinn, den mehrere Kriege, Besatzung, Intifada, Siedlungs- und Zaunbau für die Bewohner mit sich bringen. Die energische Journalistin führt Besucher am liebsten nach Barta'a: eine arabische Gemeinde, die durch die »green line« geteilt wird. Die 3500 Menschen im Westteil sind offiziell israelische Staatsbürger, die 4000 im Ostteil Palästinenser. Ehen über die »Grüne Linie« hinweg sind beliebt, alle wollen ihren Kindern die israelische Staatsbürgerschaft sichern. 1948, nach dem Unabhängigkeitskrieg, galten die zurückgebliebenen Araber als Verlierer. Das hat sich schon lange geändert, sie werden mittlerweile beneidet. Bei allem Haß auf Israel würden die meisten Palästinenser tausendmal lieber als arabische Bürger Israels leben. Da ist es wieder, Israels Doppelbild von »Besatzer« und »Mutter Teresa«.

Die Grüne Linie ist in Barta'a leicht zu finden: der von Bäumen gesäumte Bach mitten durch den Ort. Von einer Grenze ist weit und breit nichts zu sehen. Der Sperrzaun verläuft in dieser Region etwa drei Kilometer tiefer auf palästinensischem Gebiet. Ein Landraub – oder ein Segen für die Familien von Barta'a? Die Palästinenser von Barta'a und aus den benachbarten Dörfern dürfen keine Schule auf der israelischen Seite und kein Krankenhaus aufsuchen; die Einrichtungen für sie liegen auf der anderen Seite des Sperrzauns, im Westjordanland – der Durchlaß ist aber nur wenige Male am Tag für kurze Zeit geöffnet. Und was, wenn es einen medizinischen Notfall gibt? Lydia Aisenberg zuckt hilflos mit den Schultern.

Andererseits ist der Markt in Ost-Barta'a auch von israelischer Seite zugänglich – was den Palästinensern hier zusätzliche Einkünfte verschafft. Bekommt jedoch ein nicht-israelischer Bewohner einen Job im Ausland, kann er nicht einfach zum internationalen Flughafen Tel Aviv reisen – und schon gar nicht direkt. Würde die Lage für die Menschen von Ost-Barta'a besser, wenn ein Palästinenserstaat entstünde mit eigener Regierung und eigenem Flughafen und der Sperrzaun auf die offizielle Staatsgrenze zurückversetzt würde? Oder sollten sie lieber darauf hoffen, nach Israel eingemeindet zu werden wie die Familien in West-Barta'a?

Auch in Jerusalem sind es Israelis, die sich gegen den Mauerbau organisieren und Gästen in scharfer Analyse deren Folgen an verschiedenen Stellen der Stadt vorführen, wie Amos Gil vom Verein City of Nations, City of Peoples. Er zeigt, wo der Verlauf an der Grenze zu Bethlehem die dort wohnenden Landbesitzer von ihren Olivenhainen trennt. Aber er führt uns auch an eine Stelle, wo die Mauer für ihn ihre Berechtigung hat, weil sie verhindert, daß Scharfschützen von gegenüberliegenden Hügeln in israelische Wohnzimmer schießen, wie noch vor wenigen Monaten geschehen. Solch eine rationale Auseinandersetzung mit dem Für und Wider von Mauer und Sperrzaun – die im übrigen keine Idee der Rechten waren, sondern ein Projekt der Arbeitspartei – hört man von Palästinensern nicht. Sie setzen in der Regel auf wütende Anklagen, zielen auf die Emotionen europäischer Gäste. Und wo sind die palästinensischen Organisationen, die sich systematisch mit den Nöten und berechtigten Schutzinteressen israelischer Bürger auseinandersetzen?

Nach zehn Tagen versteht man etwas besser, warum Israel meint, keinen Verhandlungspartner zu haben, auf dessen Zusagen Verlaß ist – weshalb es keine andere Wahl habe, als einseitig zu handeln: abzuziehen und nach Gutdünken Sicherheitsvorkehrungen zu treffen. Uri Dromi war Regierungssprecher Jitzhak Rabins und ist heute Direktor für Internationale Beziehungen im Israelischen Demokratie-Institut. Er vergleicht Scharons Aufgabe mit dem Abzug der Franzosen aus Algerien unter Charles de

Gaulle. Wie de Gaulle hat Scharon vor der Wahl versprochen, den Abzug niemals zuzulassen. Wie de Gaulle muß er mit den Details der Abzugspläne in der Öffentlichkeit vage bleiben, bis eine klare Mehrheit der Wähler die Auffassung teilt: Wir müssen da raus. Und bis die Mehrheit bereit ist, die unvermeidbaren Konflikte auszutragen: mit den Siedlern, mit den Religiösen, mit den Sicherheitsfanatikern.

Der treibende Faktor ist die Demographie. Wegen der weit höheren Geburtenrate werden in spätestens zehn Jahren mehr Araber als Israelis auf dem von beiden Seiten beanspruchten Staatsgebiet zwischen Mittelmeer und Jordan leben. Will Israel weder zu einem Apartheidstaat werden, in dem Palästinenser Bürger zweiter Klasse ohne volle Rechte sind, noch seine jüdische Identität verlieren, muß es sich von der künftigen arabischen Mehrheit trennen und ihr den eigenen Staat konzedieren. Dieses Argument ist allen Gebildeten geläufig, aber noch kein Allgemeingut der öffentlichen Debatte in Israel. Wenn überhaupt, dann hat die Mehrheit eine vage Ahnung, daß der Gaza-Abzug zu dem Weg gehört, den Israel gehen muß, auch wenn man nicht präzise weiß, wie und warum.

Kurzfristig besteht durchaus Grund für Optimismus, daß es vorangeht im Nahen Osten. In den Umfragen sind 60 bis 70 Prozent kompromißbereit – auf beiden Seiten. In Israel ist die erdrückende Mehrheit zudem überzeugt, daß der Irakkrieg die Lage verbessert hat. Die Terrorgruppen sind von ihren Geldgebern abgeschnitten, nicht nur weil Saddam Hussein gestürzt ist, sondern auch weil Syrien und der Iran sich nicht mehr trauen, die Gewalttäter offen zu unterstützen. Moderate Regierungen wie in Ägypten und Jordanien sind selbst so stark unter dem Druck der heimischen Fundamentalisten, daß sie die Lage nur im Griff haben, wenn Waffenruhe zwischen Palästinensern und Israelis herrscht. Und Amerika mischt sich aktiv ein, übt durch die Entsendung hochrangiger Berater und Kontrolleure Druck auf Palästinenser wie Israelis aus.

Nur wird ein gelungener Abzug aus Gaza und dem nördlichen Westjordanland (wofür nur vier Siedlungen geräumt werden müssen) wohl nicht die erhoffte Eigendynamik auslösen, keinen anhaltenden Friedensprozeß in Gang setzen. Dafür sind Emotionen, Enttäuschungen, Mißtrauen und psychologische Eigengesetze nach sechs Jahrzehnten Kampf zu stark. Beide Seiten verkraften offenbar nur eine gewisse Dosis Zugeständnis auf einmal. Und was wäre, wenn Scharon von einem israelischen Siedler ermordet würde oder Abbas von einem Palästinenser? Auch von der nächsten Intifada ist oft die Rede, vielleicht schon im Herbst.

Zeit und Psychologie gehorchen im Nahen Osten anderen Gesetzmäßigkeiten als in Europa. Frieden kann es wohl nicht in einer großen Kraftanstrengung geben, sondern nur in Etappen, mit Rückfällen zwischendurch. 57 Jahre nach Israels Staatsgründung haben beide Seiten gelernt, daß das feindliche Gegenüber nicht verschwinden wird, daß sie miteinander auskommen müssen. Aber auch nach 57 Jahren scheinen zu viele noch insgeheim zu hoffen, daß es nicht für immer dabei bleibt.

Demokratischer Nationalstaat oder messianische Erlösung

Eine Geschichte der israelischen Siedlungsbewegung

Von Gadi Taub

Lords of the Land ist der erste Versuch, die Geschichte von Israels Besiedlung der besetzten Gebiete nahezu umfassend darzustellen.[1] Zwar liegen bereits zahlreiche Untersuchungen über diesen oder jenen Aspekt des Themas vor, aber niemand hat bislang versucht – ob auf hebräisch oder in einer anderen Sprache – das Ganze zu erzählen. Das ist an sich schon ein bedenkenswertes Faktum, da diese Besiedlung während der letzten vier Jahrzehnte das bei weitem wichtigste politische Geschehen in Israel ausmachte. Warum also erst jetzt?

Ein Teil der Antwort liegt in der Natur dieses Geschehens selbst: Es fand alles in einer trüben Grauzone von Politik, Recht, Wirtschaft und Ideologie statt, deren Konturen niemals deutlich sichtbar waren. Die Besiedlung der besetzten Gebiete war immer ein halblegales, halbgeheimes Unternehmen.

Wie zum Beispiel eines der Anfangsstadien, worüber der erste Abschnitt des Buches detailliert berichtet: Im Frühling des Jahres 1968, weniger als ein Jahr nachdem Israel sich mit dem Blitzsieg des Sechstagekrieges neue Gebiete angeeignet hatte, wandte sich eine Gruppe junger Männer unter Leitung von Rabbi Levinger mit einer bescheidenen Bitte an die Militärverwaltung des besetzten Gebietes. Sie baten darum, den Pessach-Sederabend in Hebron feiern zu dürfen, der gerade erst von der israelischen Armee besetzten Stadt unserer biblischen Vorfahren.

Ausgestattet mit einem Erlaubnisschreiben des Militärs, unterzeichnet vom Kommandeur der Ostfront, General Narkis, kamen sie in der Nacht des 12. April in der alten Stadt an und mieteten Zimmer im Park Hotel. Später stellte sich heraus, daß sie ihr Versprechen nicht gehalten hatten, die Stadt nach dem Feiertag wieder zu verlassen. Die Regierung hatte bereits die von Minister Alon, einem Helden des Unabhängigkeitskrieges, vorgelegten Pläne abgelehnt, ein jüdisches Viertel in Hebron zu schaffen.

Premierminister Eschkol war keineswegs begeistert über die ganze Sederabend-Affäre, vermochte aber nicht, die Bedeutung dieses kleinen Brückenkopfes in ihrem vollen Umfang zu verstehen und unterließ es, ein Machtwort zu sprechen. Minister Alon dagegen sympathisierte mit den Siedlern und stattete ihnen einen offiziellen Besuch ab. Andere Minister folgten. Tränennasse Augen und eine Wolke melodramatischer Rhetorik über die Rückkehr der Juden zu den biblischen Stätten, verbunden mit der Nostalgie nach den Pioniertagen des säkularen Labour-Zionismus, trübten den klaren politischen Blick.

Eschkol war unschlüssig, gebot aber seinen Untergebenen nicht Einhalt. Sein Verteidigungsminister Dayan, ein weiterer Kriegsheld, verfiel auf den Kompromiß, die Gruppe vorübergehend in das Gebäude der Militärverwaltung umzusiedeln, bis eine Dauerlösung gefunden werden konnte. Die Siedler faßten das als eine Art offizieller Anerkennung auf. Sie waren bereits damit beschäftigt, für ihre Kinder eine Schule (im Park Ho-

---

1 Idith Zertal/Akiva Eldar, *Lords of the Land. The Settlers and the State of Israel, 1967–2004*. Kinneret: Zmora-Bitan 2004 (in hebräischer Sprache).

tel) zu improvisieren, dann eine Jeschiwa für religiöse Studien.

Als die Sache erneut in einer Kabinettssitzung vorgebracht wurde, beschloß die Regierung zunächst – statt sich für den Bau einer jüdischen Siedlung zu entscheiden –, diejenigen, die bereits dort waren, nicht zu evakuieren. Nach und nach entstand eine Siedlung. Eine Tatsache vor Ort. Die Armee wurde aktiv, um sie zu schützen. Und da die Siedlung nun einmal da war, stimmte im September desselben Jahres eine Regierung, die nie die Absicht gehabt hatte, irgendwelche besetzten Gebiete zu besiedeln, dem Bau eines jüdischen Viertels in der Stadt zu. Das sollte zu einem festen Muster werden: Es werden Tatsachen vor Ort geschaffen, Armee und Bürokratie rücken nach, und schließlich gewährt die Regierung rückwirkend ihre Zustimmung.

Erstaunlicherweise änderte sich dieses Muster auch unter den Likud-Regierungen nicht sehr, die seit 1977 den Bau von Siedlungen entschieden förderten und deren Zahl erheblich vergrößerten. Es gibt einige Gründe dafür, warum die Entwicklung im verborgenen blieb: Die Regierung selbst zog es vor, einen Großteil davon halbwegs geheimzuhalten. Zwar gab es manche pompösen Grundsteinlegungen, aber der Hauptteil der Aktivitäten hatte diskret zu erfolgen. Internationalem Recht zufolge ist es einer Besatzungsmacht nicht erlaubt, ihre Bürger auf besetztem Gebiet anzusiedeln, und selbst Israels wichtigster Verbündeter, die USA, mißbilligten dies – anfänglich. Da selbst die militantesten Regierungen nicht bereit waren, so weit zu gehen, die besetzten Gebiete zu annektieren, trugen auch sie dazu bei, die Kluft zwischen de facto und de jure zu vergrößern.

Zweitens übertrafen die Ambitionen der Siedler immer auch erheblich die Ambitionen selbst noch der am meisten mit ihnen sympathisierenden Regierungen. Deshalb erschien auf der zunehmend Wilden Westbank weiterhin alles mehrdeutig, und nichts wurde beim Namen genannt. *Lords of the Land* beschreibt sehr detailliert, wie Landnahmen als Erweiterung militärischen Sperrgebiets ausgegeben wurden, wie neue Siedlungen zuerst als »Viertel« bereits existierender ausgegeben wurden, wie juristische Termini verdreht wurden und, einmal bedeutungslos geworden, zum Messen mit zweierlei Maß und einer nachlässigen Geltendmachung der Gesetze führten, wie Regierungsgelder auf geheimen und verschlungenen Wegen abgezweigt wurden, wie bürokratischen Hierarchien zur Umgehung der üblichen Verfahren seltsame Buckel wuchsen und so weiter.

Von den Anfängen in Hebron bis zur Gründung der Stadt Ariel, von kleinen Zugeständnissen der Regierung an kleine Gruppen bis zu dem das gesamte besetzte Gebiet überziehenden Netz von »Sicherheitsstraßen« ausschließlich für Juden – was wirklich geschah, entzog sich weitgehend dem Blick der Öffentlichkeit. Eine wahrhaft erstaunliche Geschichte: Einer kleinen Gruppe von Glaubenseiferern, nicht mehr als zwei Prozent der Bevölkerung Israels, gelingt es, die Unfähigkeit der Nation, über das Schicksal der besetzten Gebiete zu entscheiden, in einem außergewöhnlichen Maße auszunutzen. Bei unterschiedlichen Graden von Sympathie und Antipathie seitens verschiedener Regierungen waren sie dazu imstande, das ganze Land in eine Lage zu bringen, über die nie wirklich debattiert, geschweige denn entschieden worden war.

Diese kleine Gruppe – zusammen mit einigen Verbündeten in Parlament und Regierung –, getrieben von der unbeirrbaren Gewißheit, nichts weniger als den wahren Willen Gottes zu vertreten, leitete, hegte, beschützte und erhielt diese Bewegung am Leben, die darin kulminierte, daß jetzt fast eine Viertelmillion Juden in den besetzten Gebieten leben. Es gelang ihnen fast, die Besetzung – angesichts dreieinhalb Millionen arabischer Bewohner – in eine permanente Annexion zu verwandeln.

Aber es gelang ihnen nicht ganz. Der zeitliche Rahmen von *Lords of the Land* reicht bis an den Punkt, wo dies klargeworden zu sein scheint: Ariel Scharons Einführung des Disengagementplans im vorigen Jahr. Erst nach Erscheinen des Buches hat die israelische Regierung dem Plan und der Errichtung einer Mauer beziehungsweise eines Grenzzauns zugestimmt, die sich der Grünen Linie (Israels internationaler Grenze von 1967) mehr als jemals zuvor nähern. Diese Mauer, wie jeder in Israel weiß, muß zwangsläufig die zukünftige Grenze werden. Zum erstenmal sieht es nun so aus, als ob die Geschichte der Siedlungen zu Ende geht. Und das mag der zweite Grund dafür sein, daß so lange auf ein solches Buch gewartet werden mußte: Erst von diesem Zeitpunkt aus kann die ganze Geschichte – mit einem Anfang, einer Mitte und so etwas wie einem Ende – erzählt werden.

Der Versuch, sie zu erzählen, stellt ein ehrgeiziges Unternehmen dar, und das von der Historikerin Idith Zertal und dem Journalisten Akiva Eldar verfaßte Buch ist ein umfangreicher 640-Seiten-Band (Hebräisch ist prägnanter als Englisch, eine englische Übersetzung würde auf etwa 900 Seiten hinauslaufen). Aber das Buch enthält keineswegs nur eine einzige Erzählung. Es ist in Abschnitte eingeteilt, die von den verschiedenen Aspekten der Besiedlung der besetzten Gebiete handeln.

Es beginnt mit einer Chronik, einer geradlinigen politischen Geschichte der Siedlungsaktivitäten und Regierungsaktionen, und geht dann über zu einer relativ gut dokumentierten Seite des Geschehens, der Theologie und Ideologie des Gusch Emunim (Block der Getreuen), der treibenden Kraft hinter der ganzen Bewegung. Dann werden spezielle Aspekte behandelt: die Kultur der Siedler, die Beziehungen zum Militär, die rechtliche Seite und schließlich, zurück zur Politik, die Regierung Scharon der letzten Jahre. Der ökonomische Aspekt, wie die Autoren bereitwillig eingestehen, fehle betrüblicherweise und bedürfe weiterer Forschungsanstrengungen.

Die Einteilung in Abschnitte war vielleicht keine kluge Entscheidung. Statt sich an die chronologische Entwicklung zu halten, springt das Buch vor und zurück, um dieselben Jahre und oft dieselben Ereignisse aus verschiedenen Blickwinkeln zu betrachten. Zertal und Eldar hätten all das lieber in einen Erzählstrang integrieren sollen. Die verschiedenen Einzelteile gehören ja doch zusammen: Die Beziehungen zur Armee sind unverzichtbar für ein Verständnis des rechtlichen Aspekts, der rechtliche Aspekt hängt eng mit dem Handeln der Regierung zusammen, Ideologie und Theologie mit der öffentlichen Diskussion und dem demokratischen Verfahren und so weiter. Obwohl das Werk mit seiner ausführlichen Dokumentation äußerst nützlich ist, ist es derart wahllos redigiert, daß der Leser zuweilen den Eindruck bekommt, man hätte das ganze Archiv über ihm ausgeleert.

Der schwerer wiegende Mangel des Buches liegt jedoch woanders: Es versäumt, explizit zu machen, worauf all seine Seiten doch so deutlich hinauslaufen, den entscheidenden Punkt, der erklärt, warum die israelische Regierung und die israelische Wählerschaft schließlich das Siedlungsprojekt ablehnten. Das nämlich ist in den letzten Jahren klargeworden: daß der Zionismus und die Siedlerbewegung ideologische Gegensätze sind.

Dem Zionismus geht es um ein Gebiet auf dieser Erde, wo die Juden die Mehrheit bilden und das Recht auf Selbstbestimmung ausüben können; der Siedlerbewegung dagegen geht es darum, das Land unserer Vorväter zu erlösen als Teil eines umfassenderen religiösen Erlösungsplans. Dem Zionismus geht es um einen demokratischen Nationalstaat, die Siedlerbewegung führt zu einem binationalen Staat mit einer regierenden jüdischen Minderheit. Für den Zionismus ist eine jüdische Demokratie der Zweck, für die Siedler ist der jüdische Staat nur ein Mittel auf dem Weg zur Erlösung.

Durch den Pulverdampf des Krieges

oder die Bemühungen, den Terrorismus zu bekämpfen, oder durch hochfliegende Rhetorik darüber, was sie tatsächlich gemeinsam haben – den Glauben an die Notwendigkeit eines jüdischen Staates –, konnten beide Seiten vermeiden, sich ihrer Rivalität zu stellen. Aber wenn es hart auf hart kommt, müssen ihre Grundwerte sich notwendig als unvereinbar erweisen. Die arabische Bevölkerung der besetzten Gebiete wächst rapide auf die Marke von vier Millionen zu. Zusammen mit der einen Million arabischer Bürger Israels innerhalb der Grünen Linie würden sie 2010 die Mehrheit in Israel stellen. Als die Bedeutung dieser Zahlen klarwurde, trat die »demographische Frage« in den Vordergrund: Die Geburtenraten in den besetzten Gebieten übertreffen bei weitem die der Juden oder die der arabischen Bürger innerhalb der Grünen Linie. Die kollektive Selbstbestimmung der Juden ist nun ernsthaft gefährdet.

Es kam jetzt also hart auf hart. Und an diesem Scheideweg wollte nicht einmal ein radikaler Militanter wie Scharon als der Zionist, der er nun einmal ist, die jüdische Demokratie aufgeben im Tausch gegen »erlöste« Gebiete. Die messianischen Siedler dagegen klammern sich an die besetzten Gebiete, auch wenn immer deutlicher wird, daß das Verbleiben dort bedeutet, daß die Juden bald eine Minderheit in ihrem eigenen Land sein werden. Aus der Sicht der Siedler ist Disengagement undenkbar: Das Mittel – der säkulare Staat – hat sich gegen den Zweck gewandt, das heißt gegen die religiöse Erlösung durch die Befreiung des Heiligen Landes.

Da der Staat für die Siedler nie mehr als ein Mittel war, wird die ganze Geschichte im Rückblick deutlich: Sie hatten keine Bedenken, den demokratischen Prozeß durch »Tatsachen vor Ort« zu untergraben, weil die Siedlungen Teil von »Gottes Politik sind, und keine irdische Politik konnte sich dem entgegenstellen«, wie es der Gründer der Bewegung, Rabbi Kook, formulierte. Jetzt, da das Mittel den Zweck negiert, haben einige Siedler keine Bedenken, ebendieses Mittel selbst preiszugeben: Einige ihrer Rabbis haben wiederholt die Religiösen unter den Soldaten dazu aufgerufen, Räumungsbefehle zu verweigern. In der letzten Zeit haben manche Polemiker und geistige Führer der Siedler sogar begonnen, die Wahl des Mittels selbst zu beklagen. Einige halten nun das ursprüngliche Bündnis mit dem säkularen Zionismus für einen Fehler.

Die Kollision der beiden Weltanschauungen – Zionismus und messianische Siedlerbewegung – hatte sich seit langem abgezeichnet und drängt sich dem Leser von *Lords of the Land* bei jeder Seite auf, auch wenn die Autoren es versäumen, das explizit zu machen. Das ist vielleicht der wichtigste Grund, warum ein solches Buch so lange auf sich warten ließ. Von heute aus betrachtet wird die verborgene Bedeutung der ganzen Auseinandersetzung klar: das Drama des um sein Leben kämpfenden Zionismus gegen seinen fähigsten und subversivsten Widersacher – den messianischen Kult der Land-Erlöser.

Manchem unbedachten Gerede zum Trotz steht Israel nicht am Rande eines Bürgerkrieges. Auch wenn einige von ihnen zu den Waffen greifen mögen, sind die Siedler nicht zahlreich genug, und die meisten von ihnen werden ihre messianischen Hoffnungen aufgeben und sich dann allmählich widerwillig dem Staat unterwerfen. Die Alternative dazu ist für die meisten einfach zu trostlos.

Die unnachgiebigen Gläubigen sind gefährlich, aber zu wenige, um eine ernsthafte militärische Bedrohung darzustellen. Sollten sie sich gegen die Armee wenden, werden sie die letzten Reste von Sympathie verlieren, die viele Israelis ihnen gegenüber noch empfinden. Aber diese ideologische Konfrontation ist, von einem Bürgerkrieg abgesehen, von derselben Art, wie sie die Vereinigten Staaten in dem gewaltigsten Kampf um ihre Identitätsbestimmung erlebten. Amerika konnte den fundamentalen Widerspruch zwischen Sklaverei und Demokratie viele Jahre lang leugnen, aber nicht für immer. Die beiden Weltanschauungen mußten irgendwann einmal kollidieren, und sie taten es schließlich auch.

So mußten Besiedlung und Besetzung einmal mit dem Zionismus kollidieren, und jetzt tun sie es schließlich auch. Die Erlösung der besetzten Gebiete steht nun in einem deutlichen Kontrast zum Inhalt der israelischen Unabhängigkeitserklärung: Die moralische Grundlage des Zionismus besteht in dem »naturgegebenen Recht« aller Völker auf Selbstbestimmung.

Wir stehen an einem historischen Kreuzweg. Wenn wir am Konzept des »erlösten« Landes festhalten, werden wir die jüdische Mehrheit, auf der die zionistische Vision beruht, aufgeben müssen. Entweder Apartheid mit den besetzten Gebieten oder Demokratie ohne sie. Jetzt, da Ariel Scharon, seit vielen Jahren der große Schutzherr der Siedlerbewegung, von den Ereignissen in die ihm so fremde Rolle eines Abraham Lincoln gedrängt worden ist, entfaltet sich dieser Kampf, bei dem es um nichts weniger als die Seele des jüdischen Staates geht, direkt vor unseren Augen.

Aus dem Englischen von Siegfried Kohlhammer

Wohlfahrt ist noch kein Verbrechen

Die Debatte um »Hitlers Volksstaat«

Von Andreas Krause

Im Frühjahr gab es Streit unter Historikern, aber ein weiterer Historikerstreit wurde daraus nicht. Gegenstand der Debatte war Götz Alys Buch *Hitlers Volksstaat*. Im März erschienen, erlebte es in rascher Folge fünf Auflagen. Alys These drang durch: Die Deutschen hätten als »Nutznießer und Nutznießerchen« der NS-Wohlfahrt massenhaft von Krieg und Holocaust profitiert und dafür dem Dritten Reich »passive Loyalität« entgegengebracht. Bis heute wirtschafteten die Sozialversicherungen mit Sozialabgaben auf Zwangsarbeit und mit Rentenansprüchen von Holocaustopfern.

Die gewohnte Unterscheidung von Nationalsozialismus und Bundesrepublik wollte Aly aufgegeben wissen – als sei der Sozialstaat die gemeinsame Schnittmenge der Epochen, als überbrücke er die Zäsur von 1945, als werde durch ihn das Böse total; plötzlich standen Fortschrittlichkeit und universalethische Modellhaftigkeit der deutschen Wohlfahrtssysteme in Frage.

Alys Angriff fällt in eine Zeit, in der die öffentlichen Finanzen in der Krise stecken. Allerdings kennzeichnet es die geschichtspolitischen Debatten der vergangenen Jahrzehnte, daß der Funktionswert der jeweils vorgebrachten Thesen nur am Rande zur Sprache kommt. Ohne eine aktuelle politische Dimension wie die Frage nach der nationalen Identität im Vorschein weltpolitischer Umbrüche wäre zwar selbst der Historikerstreit von 1986/87 eine Fachdebatte geblieben, und ohne den Verweis auf ein historisches Verbrechen, zumal wenn es der Holocaust ist, wären einige Kämpfe mit sehr viel schwächeren Waffen auszutragen. Der Zusammenhang beider Dimensionen, der historischen und der politischen, wird aber nicht offen diskutiert. Die Verbindung kann nur wirken, solange sie diskret bleibt.

An Alys Buch wurde manches kritisiert wie die Rechenpraxis des Autors und die Eindimensionalität seiner These. Auch der aktuelle Bezug kam ins Gespräch, aber eine Grundsatzdebatte über die historischen Wurzeln des Sozialstaats hob nicht an. Aly selbst setzte in seinen Wortmeldungen die politische Brisanz eher spielerisch ein. Seine Rezensenten waren ihr ohnedies meist ausgewichen. Ob sie den Sozialstaat vor Legitimationsverlust schützen wollten?

Aly versteht sich einerseits als Historiker, dessen Verweise auf den Nationalsozialismus nicht dazu gedacht seien, den Sozialabbau zu forcieren. Andererseits will er mindestens auf Maßnahmen wie die Entschädigung ehemaliger Zwangsarbeiter Einfluß nehmen: »Wir beziehen als Historiker unsere Fragen aus der Gegenwart und nur aus der Gegenwart«, sagte er im Rahmen einer Podiumsdiskussion mit Lothar Bisky am 28. April in Berlin. Dort erinnerte er auch an seinen 1999 in der *Berliner Zeitung* geäußerten Vorschlag, von allen Renten fünf Jahre lang drei Prozent der Zwangsarbeiterstiftung zuzuführen, da »98 Prozent« der heute lebenden Deutschen, ihn selbst eingeschlossen, indirekt von den Sozialversicherungsbeiträgen der Opfer profitierten – und deshalb dem Nationalsozialismus ebenso nah seien wie rechtsradikale Zeitgenossen.

Demnach sind für Aly »Historisierung und Vergegenwärtigung zwei Seiten einer Methode«[1], und die hat ihren Preis. Den Begriff »Sozialstaat« definiert Aly ahistorisch, um ihn polemisch verwenden zu können. Aber war das Dritte Reich, in dem 120 000 Kranke und Behinderte ermordet wurden, ein Sozialstaat im heutigen Sinne? Oder: Sollen künftig auch türkische Rentenempfänger für die deutschen Verbrechen büßen?

Das PDS-nahe Berliner Publikum begrüßte Alys Feststellung, die Steuerfreiheit für Nacht- und Wochenendzuschläge sei »keine Errungenschaft der deutschen Arbeiterbewegung«. Die Korrumpierbarkeit des deutschen Volkes reicht nach Aly von Bismarck über Ebert zu Hitler, Adenauer und Ulbricht, wobei er seine Berliner Hörer mit diesem letzten Namen verschonte; Antifaschismus und antisozialdemokratische Ressentiments gingen an jenem Abend Hand in Hand. Damit war einem Bündnis aus Altkommunismus und Neoliberalismus die Tür geöffnet. Die Rezeption von *Hitlers Volksstaat* hatte Formen eines Satyrspiels angenommen.

Die *Zeit* veröffentlichte am 4. Mai 2005 einen Beitrag des Historikers Michael Wildt, der die zugehörige Tragödie erkennen ließ. Für Wildt ist der Erfolg von *Hitlers Volksstaat* Symptom einer tiefen Orientierungskrise der Bundesrepublik: »In einer Situation, in der offenbar so vielen, erschöpft vom konzeptlosen Pragmatismus der letzten Jahre, jede Idee für das Soziale abhanden gekommen ist, entlastet das Buch von Aly ungemein, weil es ratlos gewordenen Intellektuellen über die irritierenden Fragen nach Freiheit und sozialer Gerechtigkeit hinweghilft und statt dessen im vertrauten Ressentiment bestätigt, daß der Bauch den Geist regiert und die plebejischen Massen, mit Wohltaten gefüttert, über Leichen gehen«. Die überholte Faschismusanalyse, nach der die Schuld an Krieg und Holocaust einer relativ kleinen Unternehmerschicht zuzuschreiben war, scheint bei Aly eine neue, sozusagen massendemokratische Wendung zu bekommen.

Aly verfolgt kein wirtschaftspolitisches Konzept; seine Materialismuskritik ist *eine* Stoßrichtung im Rahmen seiner auf den Deutschen an sich zielenden Anklage. Aber der Idealismus kommt nicht besser weg; analytische Anstrengungen widmet Aly auch ihm nicht. So sieht er in der frühen und oft schnell enttäuschten Begeisterung für den Nationalsozialismus bloß »nachpubertäre Identitätssuche im Vollgefühl scheinba-

1 Joachim Güntner, *Der Blick auf problematische Kontinuitäten*. In: *Neue Zürcher Zeitung*, 6. Mai 2005.

rer Omnipotenz«.[2] Er lehnte 1997 Goldhagens Intentionalismus ab, sah damals das Motiv für den Holocaust in der nackten Mordlust und stieß wiederum auf die schlechte Kontinuität des deutschen Volkscharakters: Nach der Niederlage »schlug die Mordlust in Schweigen um«.[3] Aly will Auschwitz lediglich ohne ideologische Motive, ohne die Theorie eines tiefsitzenden deutschen Antisemitismus erklären – was Hans-Ulrich Wehler im *Spiegel* (4. April 2005) als einen »engstirnigen Ansatz« abtat.

Das trifft Aly nicht. Weder von Hinweisen auf Hitlers Popularität vor 1933 noch auf seine Erfolge bis 1938 oder auf den Massenwohlstand der USA – das war Hitlers weltpolitisches Vorbild – läßt er sich irritieren. Er rechtfertigt seine jeweilige Beschränkung als methodischen »Perspektivismus«. Seine Arbeitsmethode besteht eben darin, immer dieselbe Epoche aus der Sicht aktueller Fragestellungen in den Blick zu nehmen: die »Endlösung« aus der Sicht der ethnischen Säuberungen im ehemaligen Jugoslawien und den Nationalsozialismus insgesamt aus der Perspektive der »totalitären Selbsterfahrung« der Studentenbewegung. Aly seziert und analysiert historische Phänomene, bis sie für die Konstruktion überhistorischer, funktionalistischer, letztlich soziologischer Modelle und Archetypen brauchbar sind.

Auch innerhalb seiner engen Perspektive wurden berechtigte Fragen gestellt. Hans-Ulrich Wehler bestritt, daß 70 Prozent der Kriegskosten mit Hilfe europaweiter Beutezüge gedeckt wurden. Er erkannte an, daß Aly genauer als bisher geschehen den oft in währungspolitischen Winkelzügen verborgenen Gewinn der Verfolgungs- und Eroberungspolitik beziffert. Dennoch stimmte Wehler in die Kritik ein, die der britische Wirtschaftshistoriker J. Adam Tooze in der *tageszeitung* mit plausiblen volkswirtschaftlichen Argumenten geübt hatte.

Tooze hatte Aly vorgeworfen, daß er alles zusammenzähle, was er finde, um den Profit des Deutschen Reiches aus Besatzung, Judenverfolgung und Holocaust, um den »Fremdanteil« an der Finanzierung des Zweiten Weltkriegs möglichst hoch anzusetzen. Bei den Eigenmitteln betrachte Aly aber nur die sehr begrenzt erhobenen Steuern als Kriegsbeitrag, weil die »enorme Staatsverschuldung« (die Aly mit diesen Worten sogar erwähnt) sowie die Vernichtung des in Spareinlagen, Lebensversicherungen und Staatsanleihen gebundenen Privatvermögens erst später spürbar geworden seien.

Diese »geräuschlose Finanzierung« macht nach Tooze mit 70 Prozent den Hauptanteil der Kriegsfinanzierung aus: Spätestens ab 1938, so schreibt er in der *taz* (16. März 2005), »geht jeder zusätzliche staatliche Bedarf, egal wie finanziert, direkt auf Kosten der privatwirtschaftlichen Aktivität«.

Solche Zahlen und Argumente findet Aly »unerheblich« – als habe der Krieg für die Deutschen, »für diese mit sich selbst beschäftigte Horde von Vorteilsnehmern und Bestochenen« (*Zeit*, 7. April 2005) gar nicht stattgefunden. Aly rechnet, aber er bilanziert nicht. Das Fordernde des Regimes wie Reichsarbeitsdienst und »freiwillige« Spenden, aber auch die Zerstörung deutscher Städte, Vertreibung, Gebietsverluste, Reparationen und Entschädigungen – all das bleibt außen vor. Aly zielt in seinem Buch allein auf die »Verbindung« von Fürsorge und Massenmord, auf die »Symbiose von Volksstaat und Verbrechen« – weil er keine wirtschaftliche oder mentalitätsgeschichtliche Frage stellt, sondern eine moralische These illustriert.

---

2 Götz Aly, *Hitlers Volksstaat. Raub, Rassenkrieg und nationaler Sozialismus*. Frankfurt: Fischer 2005.

3 Götz Aly, *Macht Geist Wahn. Kontinuitäten deutschen Denkens*. Frankfurt: Argon 1997.

Warum muß der verbrecherische Charakter des NS-Regimes mit Rechentricks bewiesen werden? Wehler, im Fernsehmagazin *Kulturzeit* gefragt, ob Aly die Kollektivschuldthese neu auflege, bestätigte etwas gequält, daß es hier wohl um einen Vorwurf »gegen die große Mehrheit der damaligen Reichsdeutschen« gehe. Aber selbst in dieser Frage argumentiert Aly auf zwei Ebenen, so auch in einem Interview, das der *Tagesspiegel* am 31. März veröffentlichte.

Einerseits sind alle schuldig (im Sinne von Karl Jaspers' Begriffen der moralischen und politischen Schuld), weil es anscheinend kaum noch deutsche Vermögenstitel ohne Spuren von Blutgeld gibt. Auf der anderen Seite ist Aly gegenüber der NS-Propaganda skeptisch genug, um auf den arbeitsteiligen Charakter der Verbrechen hinzuweisen und aus der totalen politischen Mobilisierung keine totale Mittäterschaft abzuleiten. Eben dazu neigte Hannah Arendt in ihrem Aufsatz *Organisierte Schuld* – und dennoch wollte sie die Selbsterhaltung des Normalbürgers nicht mit Schuldvorwürfen belegen.

Bedenkt man, daß die Euthanasieverbrechen nach öffentlichen Protesten im geheimen fortgesetzt werden mußten, wäre die Frage gar nicht so unerheblich, wie der Durchschnittsdeutsche die Wohltaten der NS-Politik mit dem Wissen eines Götz Aly beurteilt hätte. Es waren ja Minister, hohe Beamte der Finanzbürokratie und Parteifunktionäre, die sein Wohlergehen organisierten – und die ihn, da es ihm an bösen Absichten offenbar mangelte, bestechen mußten. Ein merkwürdiger Widerspruch: Die Deutschen werden bei Aly als »bewaffnete Butterfahrer« verurteilt und von böswilligen Motiven freigesprochen, und sie sind doch als »Raubgemeinschaft« bis heute in ihre Untaten verstrickt.

Hinzu kommt – nach fragwürdiger Rechenpraxis und in sich widersprüchlicher Kollektivschuldthese – das dritte Clair-obscur. Wenn Aly eigens darauf verweist, daß die »Sorge um das Volkswohl« die »entscheidende Triebkraft für die Politik des Terrorisierens, Versklavens und Ausrottens« gewesen sei, dann verstellt sein polemischer Ton die Tatsache, daß die Sorge um das Volkswohl für sich genommen ein legitimes Anliegen ist. Traurig genug, daß wir das »bellum se ipsum alet« als eine der ältesten historischen Tatsachen kennen. Eine deutsche Erfindung ist es nicht, daß der Krieg den Krieg ernährt.

In *Hitlers Volksstaat* scheint jene besondere deutsche Veranlagung zu kollektiven Verbrechen auf, die Aly, Wehler widersprechend, bestreitet. Der Verzicht auf den universalgeschichtlichen Rahmen hat jedenfalls eine erkennbare politische Funktion, denn nur so kann aus der »Sorge um das Volkswohl« ein verdächtiges Motiv werden. Wer sich dagegen auf die Conditio humana beruft, gerät leicht in Verdacht, die NS-Verbrechen zu rechtfertigen. Dennoch muß die Frage erlaubt sein, was Alys Spitze für die Gegenwart und für die Zukunft bedeutet.

Eine fragwürdige Parallele zieht Aly zum Beispiel dort, wo er die Belastung, die der heutige Sozialstaat den kommenden Generationen aufbürdet, auch ohne erkennbaren Massenmord »Fremdanteil« nennt. So etwas tut man, wenn man die ganze Linie für verfehlt hält und den Relativierungsvorwurf nicht zu fürchten braucht. Entsprechend stellte Aly am 1. September 2004 mit Verweis auf Hitlers »sozialpolitisches Appeasement« in der *SZ* fest: »Die Regierung Schröder/Fischer steht vor der historischen Aufgabe des langen Abschieds von der Volksgemeinschaft.«

So wird nicht nur der Sozialstaat in Frage gestellt, wie Volker Ullrich in der *Zeit* (10. März 2005) befürchtete. Wenn Hitler »schuld« ist am deutschen Wohlfahrtsstaat, mithin an der Wohlfahrt der deutschen Volksgemeinschaft, wenn laut Aly die »völkisch-sozialstaatliche Beglückungsideologie« eine »zerstörerische Potenz« hat, wenn in Umkehrung seiner eigenen These der Sozialstaat plötzlich der Verursacher und nicht bloß der Nutznießer des Bösen ist,[4] dann stellt diese Wendung der Schuldfrage die Zukunft Deutschlands in Frage; eines Landes, das zugleich seiner vielbeschworenen Verantwortung nachkommen soll und will. Nachdem sie vom Morgenthauplan verschont blieben und die Teilung überwanden, empfiehlt Aly den Deutschen die Armut von morgen als Sühne für die Verbrechen von gestern.

Bislang bildete die bundesdeutsche Verknüpfung von Wohlstand und Schuldanerkennung ein stabiles System: »Je lauter man sich zu den Verbrechen bekannte, desto sicherer konnte man sein, daß man … den Wohlstand gleichsam abseits der Geschichte genießen konnte«, schreibt Panajotis Kondylis in *Das Politische im 20. Jahrhundert.* Die Dauerarbeitslosigkeit aber gefährde diese Balance: »Eher fühlt man sich schuldig in der Toskana oder im Elsaß denn als Empfänger von Sozialhilfe.«

Götz Aly nimmt die Bundesrepublik von beiden Seiten ihres Selbstverständnisses in die Zange. Er will ihre Abwendung vom Dritten Reich als Lüge entlarven *und* das sozialpolitische Quietiv diskreditieren, das die Minderwertigkeitsgefühle des Schuldbekenntnisses kompensiert. Proteste gegen den Sozialabbau, wie berechtigt sie auch immer sein mögen, können jetzt mit Hinweisen auf den Holocaust erledigt werden.

Hitlers Volksstaat ist eine Drohung, eine frühe Reaktion auf die kommenden Krisen deutscher Geschichtspolitik, ein Versuch, die Schuldgefühle verarmender Staatsbürger zu fixieren, von denen man künftig beides verlangt: Selbstkritik und Wohlstandsverzicht. Es wäre nicht das erstemal, daß die Krise von einer Kritik befeuert wird, welche die Politik des Augenmaßes durch utopische Ansprüche ersetzt.

4 »Wir wollen nicht zur Kenntnis nehmen, daß auch der Sozialstaat benutzt werden kann, um Böses zu tun.« Zitiert nach Arno Widmann, *Da gibt es diesen Unterton*. In: *Berliner Zeitung*, 6. Mai 2005.

Die totalitäre Verführung

Jean-Paul Sartre als politischer Intellektueller

Von Ulrike Ackermann

»Die Revolution ist vorbei«, befand der französische Historiker François Furet just in jenem denkwürdigen Jahr 1989, in welchem der Zusammenbruch des Kommunismus endgültig besiegelt war. Bereits 1965 wurde Furet im linken französischen Lager des Revisionismus geziehen, weil er es gewagt hatte, in dem gemeinsam mit Denis Richet verfaßten Buch über die Französische Revolution deren zum Mythos geronnene identitätsstiftende Kraft zu zerlegen. Er begab sich damit in eine provozierende Opposition zur Mainstream-Historiographie der Französischen Revolution und rührte an den innersten Kern des Selbstverständnisses nicht nur der Linken, sondern der Intellektuellen und ihrem Verhältnis zur französischen Nation.

Die Geschichte der französischen Linken nach 1945 läßt sich denn auch entlang ihrer wechselvollen Auseinandersetzung mit der Revolutionsdekade von 1789 rekonstruieren. Die intellektuelle und politische Debatte der Nachkriegsjahre fand in einer Sprache statt, die an die revolutionäre Tradition eines jakobinischen Patriotismus anknüpfte. Die Aufspaltung der Gesellschaft in »Vichistes« und »Résistants« warf zwangsläufig die Frage auf, was es nach deutscher Besatzung und Vichy hieß, ein Franzose zu sein; in welcher Weise die Nationalität Nachkriegsfrankreichs zu gestalten sei.

Auch die Debatten der Intellektuellen um ihre Selbstverortung waren in höchstem Maße von diesem Identitätsdiskurs bestimmt. Im Rückgriff auf die revolutionäre Tradition des jakobinischen Patriotismus schrieb Jean-Paul Sartre 1945 in *Was ist ein Kollaborateur?*: »Der Kollaborateur ... ist ein Feind, den demokratische Gesellschaften ständig in ihrer Mitte beherbergen. Wenn wir sicherstellen wollen, daß er den Krieg nicht überlebt und in anderer Gestalt wiederauftaucht, reicht es nicht aus, lediglich ein paar Verräter hinzurichten. Es ist nötig, die Einigung Frankreichs so vollständig wie möglich herbeizuführen, das heißt die Aufgabe zu vollenden, die von der Revolution 1789 begonnen worden ist und die nur durch eine neue Revolution vollendet werden kann.«

Dieses Selbstverständnis teilte Sartre mit vielen französischen Intellektuellen, die sich nach 1945 der KPF verbunden fühlten. Immerhin konnte die Partei zwischen 1945 bis 1951 fast ein Drittel der französischen Wählerschaft hinter sich bringen. Ihr Versuch, die Linke mit der Nation in eins zu setzen, war verbunden mit einer Erneuerung der revolutionären Tradition: Zeitgenössisch sahen sie es im universalen revolutionären Projekt, der Sowjetunion, verkörpert.

In seinem großen Werk über die Anziehungskraft des Kommunismus, *Das Ende der Illusion*, hebt Furet eben jenen Traditionsstrang der französischen Linken hervor: »Ehe die jakobinische Demokratie von den Historikern der zweiten Hälfte dieses Jahrhunderts als ›totalitäre Demokratie‹ verurteilt wurde, feierte man sie entweder als Diktatur des Notstands oder als vorübergehende Vorwegnahme der Machtausübung des gegen seinen äußeren und inneren Feind geeinten Volkes. In beiden Fällen ist der Vorläufer von 1793 wesentlicher Bestandteil der Rechtfertigung der ›Diktatur des Proletariats‹, wie Lenin, ein wahrer Robespierre des Proletariats, sie versteht und in Form seiner Terrorherrschaft ab 1918 umsetzt ... Ein Teil der Unterstützung, die der stalinistische Totalitarismus in einer seiner schlimmsten Phasen erfährt, beziehungsweise ein Teil der Begeisterung, die er zu wecken vermag, resultiert aus dieser historischen ›Analogie‹. Von 1918 an diente die Berufung auf die Umstände dazu, den Charakter der russischen Revolution zu idealisieren. Mitte der dreißiger Jahre wird diese Entschuldigung, diesmal in größerem Rahmen, durch die nazistische Bedrohung wieder aufgegriffen.«

Mit der Gegnerschaft zu Hitler gewinnt der Kommunismus ein neues Gesicht: Die proletarische Revolution wird zur Vorhut der Demokratie im Kampf gegen den Faschismus; der Antifaschismus gerät damit zum negativen Konzept der Demokratie. Furet: »Der Krieg und der Sieg über Hitler aber verliehen dem Kommunismus 1945 einen Glanz, wie er ihn nie zuvor besaß. Die Rote Armee zog ihre Flaggen an der Elbe Seite an Seite mit denen der amerikanischen Truppen auf, nachdem sie ganz Mittel- und Osteuropa von der Unterdrückung durch die Nationalsozialisten befreit hatte. Sie verkörperte nicht nur die Stärke, sondern auch die Freiheit. Mit einemmal waren die Verbrechen des Regimes gegen die Völker und die Bürger der SU durch den Sieg, durch eben diesen Sieg gegen Hitler, wie ausgelöscht.«

Die intellektuell-politische Landschaft der fünfziger und sechziger Jahre stand auf seiten der Linken ganz im Zeichen des Antifaschismus, der auf die glorreiche Résistance rekurrierte. Waren die Pariser Intellektuellen bis auf wenige Ausnahmen während der deutschen Besatzung eher indifferent bis kollaborativ gestimmt, so kompensierten sie diese wenig rühmliche Haltung in der Nachkriegszeit um so vehementer mit einer radikalen Attitüde: Wild zogen sie gegen Antikommunismus, Kapitalismus und Bourgeoisie zu Felde – und feierten die Sowjetunion.

Eine Ausnahme bildeten auf der einen Seite jene Intellektuellen, die sich bereits 1949 um die Zeitschrift *Socialisme ou barbarie* versammelt hatten. Cornelius Castoriadis, Claude Lefort und Edgar Morin kritisierten die totalitären und bürokratischen Konsequenzen der sowjetischen Revolution von marxistischer Warte aus. Andererseits gab es den liberalen Strang der Totalitarismuskritik, den vornehmlich Raymond Aron und die von François Bondy 1951 gegründete Zeitschrift *Preuves* repräsentierte. Albert Camus schrieb ebenfalls regelmäßig in *Preuves*. Er hatte bereits 1946 in *Weder Opfer noch Henker* den stalinistischen Kommunismus kritisiert und 1951 in seinem Buch *Der Mensch in der Revolte* den Versuch einer Genealogie des intellektuellen Totalitarismus unternommen.

Ganz im Gegensatz zu diesen antitotalitären Intellektuellen wurde Sartre zum Wortführer der großen revolutionären Illusion seit 1945. Charakteristisch für das prokommunistische Klima in Frankreich war damals das Bonmot: »Mit Sartre zu irren ist besser, als mit Aron recht zu haben.« Bereits 1947 schrieb Sartre in seinem berühmten Essay *Was ist Literatur* in der von ihm mit gegründeten Zeitschrift *Les temps modernes*: »Man muß aber ohne Zögern aussprechen, daß das Schicksal der Literatur an das Schicksal der Arbeiterklasse gebunden ist.« Seine Standortbestimmung des engagierten Intellektuellen war geprägt von der Verachtung der liberalen Demokratie, dem Haß auf die Bourgeoisie und den Kapitalismus und mündete in einer Glorifizierung der Sowjetunion. 1949/50 kam es zum erbitterten Streit zwischen Sartre und seinem früheren Weggefährten David Rousset.

Der ehemalige Trotzkist und Widerstandskämpfer war in die Hände der Gestapo geraten und nach Buchenwald deportiert worden. Seine Erfahrungen fanden ihren Niederschlag in dem Buch *L'univers concentrationnaire* (1946). Federführend organisierte er eine Kampagne ehemaliger Lagerinsassen für die Abschaffung der Strafarbeitslager in allen Ländern der Erde. Am 12. November 1949 veröffentlichte der *Figaro littéraire* auf der Titelseite Roussets »Appell an die Deportierten aus den Nazilagern: Helft den Deportierten in den sowjetischen Lagern«. Bitterste Vorwürfe der Kommunisten innerhalb und außerhalb Frankreichs sowie scharfe Attacken des linken Pariser Intellektuellenmilieus waren die Folge.

Vorläufer dieses exemplarischen Streits um die Vergleichbarkeit von Nationalsozialismus und Kommunismus war ein 1949 in Paris stattfindender Prozeß. Kern der zivilrechtlichen und überaus ideologischen Auseinandersetzung war der Wahrheitsgehalt des Buchs *Ich wählte die Freiheit* über die stalinistische Diktatur, das der russische Emigrant Viktor A. Krawtschenko, ehemals hochrangiger sowjetischer Funktionär, nach der Flucht aus seinem Heimatland veröffentlicht hatte. Margarete Buber-Neumann trat während dieses Prozesses als Zeugin für Krawtschenko auf. Auch in der Debatte um Roussets Initiative »Helft den Deportierten« verteidigte sie deren Zielsetzungen. Am 25. Februar 1950 erschien im *Figaro littéraire* ihr Artikel »Für die Untersuchung der sowjetischen Konzentrationslager. Wer ist schlimmer, Satan oder Beelzebub?«, in dem sie über ihre doppelte Erfahrung als Deportierte in nationalsozialistischen und sowjetischen Lagern schrieb. Furore hatte bereits ihre 1948 erschienene politische Autobiographie *Als Gefangene bei Stalin und Hitler* gemacht.

Im Leitartikel von *Les temps modernes* im Januar 1950 zog Sartre – damals noch zusammen mit Maurice Merleau-Ponty – heftig gegen Rousset zu Felde. Abtrünnig sei er geworden und lasse sich vor den Karren der bürgerlichen Presse spannen. Die Polemik gipfelte in einer Verteidigung der Sowjetunion: »Wie immer die gegenwärtige Sowjetunion aussehen mag, grosso modo befindet sich die UdSSR, bei Gleichgewicht der Kräfte, auf seiten derer, die die bei uns bekannten Formen der Ausbeutung bekämpfen.«

In der Zeit zwischen 1952 und 1956 war seine Nähe zur Kommunistischen Partei am innigsten. In *Die Kommunisten und der Frieden* schreibt Sartre: »Historisch ist die UdSSR die Chance des Proletariats, sein ›Vorbild‹ und die Quelle der ›revolutionären Wirkung‹. Darüber hinaus ist sie *an sich selbst* ein zu verteidigender historischer Wert, der erste Staat, der, obwohl er den Sozialismus noch nicht verwirklicht, ›dessen Prämissen enthält‹.«

In der KP sah Sartre die legitime und erfolgreiche Vollstreckerin, das Subjekt der Revolution: »Im heutigen Frankreich ist die Arbeiterklasse die einzige Klasse, die über eine Doktrin verfügt, die einzige, deren ›Partikularismus‹ mit den Interessen der Nation völlig in Einklang steht; eine große Partei repräsentiert sie, und es ist die einzige, die den Schutz der demokratischen Institutionen, die Wiederherstellung der nationalen Souveränität und die Verteidigung des Friedens auf ihr Programm gesetzt hat ... die einzige, die *lebt*, von Leben wimmelt, während die anderen von Würmern wimmeln«.

1954 besuchte er die UdSSR und feierte die kommunistische Diktatur ausgiebig in sechs Artikeln in *Libération*. Eine heftige Auseinandersetzung entbrannte zwischen den Fellow-travellers Moskaus und den nichtkommunistischen Linken.

Im Streit um die Lager in der Sowjetunion hielt Sartre Albert Camus entgegen: »Ich finde wie Sie diese Lager unzulässig: doch ebenso unzulässig den Gebrauch, den die bürgerliche Presse davon macht.« Maurice Merleau-Ponty, in den vierziger Jahren selbst der Faszination des Kommunismus erlegen, attackierte 1955 Sartre heftig in seinem Essay *Sartre und der Ultrabolschewismus*, Herzstück seines Buches über die *Abenteuer der Dialektik*. Es war an der Zeit, schloß Merleau-Ponty, »das Engagement, so wie Sartre es begreift, in Frage zu stellen«.

Sartre wurde indessen nicht müde, die Antikommunisten als Hunde zu beschimpfen. Im selben Jahr erschien Raymond Arons berühmtes Werk *Opium für Intellektuelle*. Es liest sich wie die aus westlicher Perspektive geschriebene Fortsetzung des 1953 erschienenen Buchs *Verführtes Denken* von Czesław

Miłosz. Darin setzt sich der nach Paris emigrierte Pole mit der ungeheuren Faszination des siegreichen Kommunismus für Intellektuelle auseinander.

Aron ist der erste gewesen, der den Begriff der »säkularen Religionen« im Kontext der Großideologien dieses Jahrhunderts als Religionen des kollektiven Heils einführte. Sie stehen im Zentrum seiner Analyse. Die letzte große Ideologie sei aus dem Zusammentreffen dreier Elemente geboren worden: aus der Vision einer Zukunft, die unseren Erwartungen entspräche, aus der Verbindung zwischen dieser Zukunft und einer sozialen Klasse sowie aus dem Vertrauen in die menschlichen Werte, die Planwirtschaft und Kollektiveigentum nach dem Sieg der Arbeiterklasse hervorbringen würden. Die Ideologen des Proletariats seien jedoch selbst Bürger. Das Proletariat habe niemals eine Weltauffassung gehabt, die der des Bürgertums entgegengesetzt gewesen wäre; es habe hingegen nur eine Ideologie dessen gegeben, was das Proletariat sein oder tun müsse.

»Die Ideologie, genauso wie früher der transzendierende Glaube, bestimmt das, worauf es vor allem anderen ankommt; sie rechtfertigt die Autorität und verspricht zwar nicht mehr dem Individuum, sondern dem Kollektivmenschen seinen gerechten Anteil im geschichtlichen Jenseits, das heißt in der Zukunft. Aber der Kommunismus gibt sich nicht selbst für eine Religion aus, weil er jede Religion für ein Überbleibsel vergangener Zeiten hält ... Der Kommunismus ist also weniger eine Religion, deren Vorbild im Westen nach wie vor das Christentum ist, als ein politischer Versuch, für die Religion einen Ersatz in einer Ideologie zu finden, die man zur Staatsorthodoxie erhoben hat ... Der kommunistische Glaube wird totalitär, sobald er sich selber total will, denn er schafft die Illusion der Totalität nur dadurch, daß er offizielle Wahrheiten aufzwingt und die Betätigungen, die ihrem Wesen nach Unabhängigkeit fordern, den Anweisungen der Staatsmacht unterwirft.«

An späterer Stelle von *Opium für Intellektuelle* kommt Aron nochmals auf die utopischen Sehnsüchte zu sprechen, die Prophetie als die Seele einer jeden Aktion: »Sie versetzt die Welt in Anklagezustand und sichert die Würde des Geistes in der Ablehnung des Bestehenden oder in der Erwartung des Kommenden. Wenn aber die Regierenden vor lauter Stolz über die gelungene Revolution die Prophetie mit Beschlag belegen, um ihre Macht zu gründen und ihre Feinde in einen Topf zu werfen, wird die säkularisierte Religion geboren, die von vornherein dazu verdammt ist, als Orthodoxie unfruchtbar zu werden oder sich in Gleichgültigkeit aufzulösen.«

Dieser totalitären Versuchung unterlagen auch die Schriftsteller und Intellektuellen im Westen, als Mitglieder der KP oder als Fellow-traveller. Im eigenen Land kämpften sie um die Existenz und gegen die Bedeutungslosigkeit und erträumten sich in der Ferne die Verbindung mit den Massen, die die Zukunft schmieden. Einen radikalen Einbruch in dieses politisch-intellektuelle Gefüge der Nachkriegszeit bescherte das Jahr 1956. Im Februar hielt Chruschtschow auf dem XX. Parteitag der KPdSU seine Geheimrede, in der er seinen drei Jahre zuvor verstorbenen Vorgänger Stalin kritisierte. In der polnischen und ungarischen Volksrepublik wurde gestreikt und demonstriert, die KP-Führungen in Warschau und Budapest kämpften um ihr politisches Überleben angesichts der Demokratiebewegungen in ihren Ländern. Doch die ungarische Revolution fand noch im Oktober desselben Jahres ihr blutiges Ende nach der militärischen Intervention der Sowjetunion.

Die Ereignisse dieses Jahres erschütterten die französische Linke gründlich; die alten ideologischen Lager gerieten in heftige Erosionen. Hatte die französische KP die sowjetische Intervention in Ungarn noch begrüßt, so stand sie nun vor der Zerreißprobe: Massenaustritte und Ausschlußverfahren waren die Folge. Der Schock von Budapest veranlaßte viele Intellektuelle, ihre Mitgliedschaft oder Sympathie für die KP aufzukündigen. In der Nacht vom 7./8. November 1956 gingen 30 000 Pariser Bürger auf die Champs-Elysées, um gegen den Einmarsch der Roten Armee in Budapest zu demonstrieren. Sie zogen zum Sitz der französischen KP und wollten das Parteihaus stürmen. Während der gewalttätigen Auseinandersetzungen zwischen Kommunisten und Antikommunisten kamen drei Menschen ums Leben.

Bis zum Zeitpunkt dieser dramatischen Ereignisse unterstützte Sartre aktiv die KP. Das Erdbeben in der Linken nutzte er, um sich nun von den Kommunisten zu distanzieren. François Fejtö, der 1938 nach Paris emigrierte ungarische Schriftsteller und Philosoph, kannte Sartre seit 1937; er hatte einige seiner Arbeiten ins Ungarische übersetzt. Als 1952 der erste Band von Fejtös *Geschichte der Volksdemokratien* erschien, weigerte sich Sartre, wie er ihm später gestand, dessen Arbeit zu lesen. Fejtös Stalinismuskritik war ihm entschieden zu antikommunistisch gewesen.

Sartres opportunistische Schwenks beschreibt Fejtö folgendermaßen: »Erst 1956 ist es mir gelungen, Sartre zu überzeugen, daß es keine Konterrevolution in Ungarn, sondern eine richtige Volksrevolution mit sozialistischen Konnotationen war ... Einige Monate später nahm Sartre aber wieder wie früher an den Versammlungen der Sowjetisch-Französischen Freundschaftsgesellschaft teil und erklärte erneut seine Sympathie für den Kommunismus. Auf meine erstaunte Nachfrage angesichts seines erneuten Schwenks antwortete Sartre mir: ›Mein Lieber, Sie wollen nicht verstehen, daß ich ein Revolutionär bin. Ich will die Revolution in Frankreich. Wie glauben Sie, kann man in Frankreich ohne die Kommunisten und die Kommunistische Partei eine Revolution machen?‹ Ich fragte ihn, ob er tatsächlich glaube, Frankreich befände sich in einer vorrevolutionären Situation? Er bejahte dies. Von da an war unser Dialog zu Ende und das Zerwürfnis komplett. Sartres Standpunkt war in diesen Jahren symptomatisch für die meisten französischen Intellektuellen. Antikommunismus bedeutete für sie, gegen den Fortschritt und für die Reaktion zu sein, für den Imperialismus. Erst recht, als es um die Frage des Atlantismus oder des Antiamerikanismus ging, trennten sich die Geister.«

Trotz des Beharrungsvermögens vieler Intellektueller bedeutete das Jahr 1956 eine nachhaltige Zäsur und leitete den Prozeß der Dekomposition des Kommunismus ein. An die Stelle einer engen Bindung an die KP trat nun ein antikolonialistisches Engagement in Zeiten des Algerienkriegs und später des Vietnamkriegs. In der damals häufig zu vernehmenden Parole »USA – SA – SS« wurde der Antiamerikanismus auf die Spitze getrieben. Sartre scheute sich nicht, während seiner Eröffnungsrede beim Vietnamtribunal am 2. Mai 1967 in Stockholm die amerikanische Politik mit den nationalsozialistischen Verbrechen zu assoziieren. Anfang der siebziger Jahre kokettierte er mit dem Maoismus in Gestalt der Gauche prolétarienne und verteilte deren Zeitung *La cause du peuple* vor den Fabriktoren. Er propagierte ein »Volksdenken, das die Gesellschaft vom Grundsätzlichen her sieht – von unten nach oben«; ein kruder Populismus, demzufolge die Intellektuellen fortan dem Volke dienen sollten.

Geradezu selbstquälerisch frönte Sartre einem Antiintellektualismus, in dem er sich als »bürgerlicher« Intellektueller selbst verachtete. 1972 rechtfertigte er das palästinensische Attentat auf israelische Athleten bei den Olympischen Spielen in München. Dem entsprach auch sein medial bestens inszenierter Besuch bei dem RAF-Terroristen Andreas Baader im Gefängnis in Stammheim. Als 1974 das Erscheinen von Alexander Solschenizyns *Archipel Gulag* über die sowjetischen Lager in Frankreich ein regelrechtes Erdbeben der politisch-intellektuellen Landschaft auslöste, blieb Sartre davon gänzlich unberührt und ließ die Chance einer Revision seiner Positionen verstreichen. Es war die Geburtsstunde der Nouveaux Philosophes – André Glucksmann, Bernard-Henri Lévy und andere brachen mit dem Gauchismus.

»Wenn Solschenizyn unbequem für uns ist und uns sogar empört, dann deshalb, weil er die westlichen Intellektuellen an ihrem schwächsten Punkt, bei ihren Lügen, trifft: ›Wenn Ihr den großen Gulag akzeptiert‹, so fragt er sie, ›warum empört Ihr Euch dann in so tugendhafter Weise über die kleinen? Lager bleiben Lager, ganz gleich, ob sie braun oder rot sind.‹ Seit über fünfzig Jahren weigern sich die Intellektuellen des Westens, diese Frage zu hören. Sie haben ein für alle Mal entschieden, daß es die ›gute‹ und die ›böse‹ Seite gibt, wobei die Konzentrationslager der einen durch die Heiligkeit der Sache verklärt werden, während die auf der anderen Seite eben Konzentrationslager sind ... Die Intellektuellen, die sich für links halten, begehen diesen Fehler in größerem Maßstab, im Maßstab des Gulag selbst, den sie so lange wie möglich abgestritten haben, weil er sich im Schatten eines Regimes, das sich als das menschlichste aller Regime ausgab, verstecken konnte«, schrieb Raymond Aron 1975 in einem Leitartikel des *Figaro*.

Die Debatte über Solschenizyns *Archipel Gulag* und die totalitäre Natur des Sowjetsystems führte in Frankreich nachhaltig zu einer radikalen Entwertung des Revolutionsgedankens, zugunsten der Idee der Demokratie und der Förderung der Idee einer zivilen Gesellschaft gegenüber der Staatsgesellschaft.[1] Ein Jahr vor Sartres Tod gelang es André Glucksmann und Michel Foucault, die ehemals erbitterten Kontrahenten Aron und Sartre zusammenzubringen. Gemeinsam überbrachten sie Giscard d'Estaing 1979 eine Petition zugunsten der »Boatpeople«: Tausende Vietnamesen flohen damals vor der kommunistischen Diktatur in Nordvietnam auf Holzbooten übers Meer und baten vergeblich im Westen um Aufnahme. In der Petition forderten die Intellektuellen angesichts dieses Elends von der französischen Regierung dreitausend Visa für die Flüchtlinge. Tausend bewilligte daraufhin der Präsident.

Was bleibt vom ehemals so umjubelten »engagierten Intellektuellen«, der auf die Revolution setzte, dem großen Künstler der medialen Selbstinszenierung? Dem Kern seiner Positionen, seiner sozialistischen, antibürgerlichen, antiamerikanischen, antikapitalistischen und antiimperialistischen Attitüde blieb er trotz manch taktisch-strategischer Schwenks bis zum Schluß treu. Seine frappierende Blindheit gegenüber den Diktaturen, gegenüber den kommunistischen Verbrechen, die Millionen Menschen das Leben kosteten, sein verbohrtes Beharren auf den Irrtümern mündete in keine selbstreflexive Revision, wie sie andere Intellektuelle gerade in Frankreich vornahmen.

Sartre war keineswegs der einzige, der der totalitären Verführung erlag, aber er war einer ihrer großen Wortführer. Der Zusammenbruch des Kommunismus und der Sieg der Demokratie ging denn auch mit einem Bedeutungsverlust der Intellektuellen einher – nachdem das Ausmaß ihrer Verstrickung in die totalitären Bewegungen des 20. Jahrhunderts erkennbar geworden ist: Sie sind moralisch entzaubert.

1 Vgl. Ulrike Ackermann, *Sündenfall der Intellektuellen*. Stuttgart: Klett-Cotta 2000.

Diagnostiker des Individualismus

Alexis de Tocqueville wurde vor zweihundert Jahren geboren

Von Hans-Peter Müller

Auch nach zweihundert Jahren bleibt Alexis de Tocqueville in Deutschland ein »unbekannter Bekannter«. Der französische Aristokrat, Liberale und politische Soziologe avant la lettre wird zwar gern mit seiner berühmten Studie *Über die Demokratie in Amerika* aus den Jahren 1835 und 1840 assoziiert, noch heute die Bibel der Amerikanistik. Auch erinnert sich zumindest der historisch interessierte Leser seiner Studie *Der alte Staat und die Revolution*, noch heute ein Paradigma der Revolutionsforschung in seiner dreifaltigen Analyse von politischer Zentralisierung, Sozialstruktur und Intellektuellen. Aber wer weiß schon, daß er eine neue politische Wissenschaft entwickelte, daß er den Begriff des Individualismus kreierte und die wohl umfassendste Analyse der Demokratie als moderner Regierungs- und Lebensform unterbreitete?

Diese Amnesie ist um so erstaunlicher, als Wilhelm Dilthey schon 1910 in seinen *Studien über den Aufbau der geschichtlichen Welt in den Geisteswissenschaften* eine emphatische Würdigung Tocquevilles vorgenommen hatte: »Der dritte unter den originalen historischen Köpfen der Zeit Rankes war Tocqueville. Er ist der Analytiker unter den geschichtlichen Forschern der Zeit, und zwar unter allen Analytikern der politischen Welt der größte seit Aristoteles und Machiavelli.« Tocqueville auf einer Stufe mit Aristoteles und Machiavelli? Das hätte auch in Deutschland neugierig machen müssen. Statt dessen trifft J. P. Mayers Urteil aus dem Jahre 1955 auch heute noch fast uneingeschränkt zu: »Niemand hat sich in Deutschland eine Analyse des Tocquevilleschen Werkes zum Gegenstand gemacht.«

Woher kommt diese Ignoranz? Drei Gründe sind dafür verantwortlich: Rezeptionslage, Stilfrage und Tocquevilles Idiosynkrasie. Wir haben Karl Marx und Max Weber in Deutschland, wozu brauchen wir Alexis de Tocqueville? Wenn man bedenkt, daß Marx vom ökonomischen Primat und Weber vom politischen Primat und zuweilen vom kulturellen Primat – der protestantischen Ethik – ausgehen, so sind die wesentlichen Ansatzpunkte bereits abgedeckt, um die »Große Transformation« zur Moderne zu erklären: Ökonomie, Politik, Kultur. Unter dieser Warte erscheint Tocqueville als früher Protosoziologe mit durchaus fruchtbaren Einsichten, aber eben als Vorläufer der eigentlichen Soziologie, die wir meist mit Durkheim, Weber und Simmel beginnen lassen.

Ferner ist Tocqueville eine Stilfrage: Wer sich durch Marx' komplizierte Abhandlung *Das Kapital* durchgearbeitet oder der komplexen Begriffsarchitektonik von Webers *Wirtschaft und Gesellschaft* nachgespürt hat, dem werden Tocquevilles Werke wie bessere Reisebeschreibungen vorkommen. Im Lande von Kant und Hegel, wo die Schwerverständlichkeit eines Textes noch immer als Gütekriterium von Wissenschaftlichkeit gilt, ist Tocqueville leichte Kost: Seine Werke sind Literatur, also Essayistik, aber keine Wissenschaft.

Der dritte Grund für die weitgehende Nichtbeachtung liegt beim Autor selbst. Tocqueville ist ein Solitär, politisch gemäßigt, dafür wissenschaftlich um so kühner, so als habe er Karl Poppers Ratschlag, kühne Hypothesen zu bilden, vorweggenommen. Er gehört keiner Partei und Schule an, ist unparteilich in seinem Werk noch vor Max Webers Diktum der Wertfreiheit. Er verfügt über eine erstaunliche Beobachtungsgabe, beweist analytischen Scharfsinn, brilliert mit spekulativer Kreativität wie Originalität und verblüfft mit unbestechlicher politischer Urteilskraft. So jemand wird bewundert, aber nicht geliebt. Zudem schreibt er in einem eleganten, gut verständlichen Stil und gruppiert seine zentralen Gedanken um eine lockere, aber mehrdeutige Begrifflichkeit. Angesichts dieser Ambivalenz wird er sehr unterschiedlich verstanden. Robert Nisbet, der seine Rezeption in den Vereinigten Staaten untersucht hat, spricht daher nicht zu Unrecht von »Many Tocquevilles« und nennt drei Stichworte zur Interpretation: Demokratie, Gleichheit, Individualismus.

Für die einen ist Tocqueville der frühe Zeitdiagnostiker, der die Entwicklung moderner Gesellschaften zur Demokratie in ihren Grundzügen analysiert und prophetisch vorausgeahnt hat.[1] Gleichzeitig entgehen dem nüchternen Blick des französischen Aristokraten und Liberalen keineswegs die Kehrseite und die Gefahren der Demokratie. In der demokratischen Republik herrscht zum einen eine gewisse Durchschnittlichkeit, ja Mediokrität, wenn das gesamte gesellschaftliche Streben nur auf das Wohlergehen der größten Zahl gerichtet ist. Zum anderen ist mit diesem seichten Hedonismus politisch die Gefahr des Despotismus verbunden. Wenn jeder nur an sein privates Glück denkt, sich nicht um das öffentliche Wohl sorgt, verwandelt sich die genuin demokratische Regierungsform unter der Hand leicht in ein despotisches Regime. Tocqueville gilt vielen deshalb als früher Vorläufer der Totalitarismustheorie.

Für andere wiederum ist Tocqueville »der große Prophet des Massenzeitalters der abendländischen Welt« (J. P. Mayer), der den Anbruch des Zeitalters der Gleichheit untersucht hat, mit all ihren Vorzügen und Gefahren wie der Tendenz zur Massengesellschaft etwa. In diesem Zusammenhang wird Tocqueville gern als Konservativer angesehen, scheint doch Vortrefflichkeit und Exzellenz nur auf dem Boden von Ungleichheit und mit Hilfe aristokratischer Eliten zu gedeihen.

Eine dritte, neuere Interpretationsrichtung indes erblickt in Tocqueville den scharfsichtigen Diagnostiker des Zeitalters des Individualismus.[2] Der Begriff, in der Tat erstmalig von Tocqueville geprägt, steht für ein Wertesystem, das es dem einzelnen in einem historisch ungekannten Maße erlaubt, sich von gesellschaftlichen Verpflichtungen freizumachen und seinen eigenen, unverwechselbaren Lebensstil zu entwickeln. Nur eine starke Zivilgesellschaft vermag deshalb den Entartungen des Individualismus zum Egoismus vorzubeugen, weshalb Tocqueville nicht zu Unrecht auch als Ahnherr des Kommunitarismus gelten darf.

Diese drei Interpretationen sind nicht falsch, aber doch einseitig. Sie verkennen das, was Tocqueville im Auge hat und ihn noch heute so interessant macht: den Zusammenhang zwischen Demokratie, Gleichheit und Individualismus. Die Konfiguration der Moderne ist aus der »Großen Transformation« mit ihren drei Revolutionen hervorgegangen: der industriellen Revolution und der Heraufkunft des Kapitalismus; der politischen Revolution und der Heraufkunft der Demokratie; der ethischen Revolution und der Heraufkunft des Individualismus. Tocqueville gehört exemplarisch zu den Geschichts- und Sozialwissenschaftlern, welche die »Große Transformation« über die politische und ethische Revolution zu erfassen suchen; also Demokratie nicht nur als Regierungsform, sondern auch als moderne Lebensform verstehen. Insofern ist Tocqueville nicht nur ein Analytiker der politischen Welt, wie

---

1 Vgl. Reinhard Bendix, *Nation-Building and Citizenship*. Berkeley: University of California Press 1964; Seymour M. Lipset, *The First New Nation*. New York: Basic Books 1963.

2 Vgl. Robert N. Bellah u.a. (Hrsg.), *Gewohnheiten des Herzens*. Köln: Bund 1987.

Dilthey meinte, sondern auch der sozialen Welt.

Während Adam Smith und Karl Marx den Schritt von der Tradition zur Moderne über die industrielle Revolution und den beherrschenden Charakter von Marktwirtschaft beziehungsweise Kapitalismus begreifen, also die »Basis« und das Verhältnis von Wirtschaft und Gesellschaft untersuchen, thematisiert Tocqueville den »Überbau«: die Gesellschaft in ihrem Verhältnis von Politik und Kultur. Er konzeptualisiert diese große Transformation durch den Übergang von der Aristokratie zur Demokratie, der Ungleichheit von Klassen und Ständen zur Gleichheit von (Staats-)Bürgern. Diese beiden Zugangsweisen sollten die wichtigsten Konflikt- und Diskussionslinien im 19. und 20. Jahrhundert vorgeben: auf der einen Seite Kapitalismus versus Sozialismus; auf der anderen Demokratie versus Despotie oder Totalitarismus.

Im ersten Band seiner Studie über die Demokratie geht Tocqueville der Frage nach, welche Ursachen die Vereinigten Staaten von Amerika zu einer liberalen Demokratie machen. Er versucht ein »Gesamtbild« dieser demokratischen Gesellschaft zu entwerfen, ihre »Gestalt« zu erfassen und »eine klare Vorstellung vom Ganzen« zu gewinnen. So wie Montesquieu im *Geist der Gesetze* die politische Arithmetik von Monarchie, Aristokratie und Demokratie analysiert, so versucht Tocqueville den Geist der amerikanischen Nation zu verstehen. Aber nicht nur in der Zielsetzung, sondern auch in der Methode kann man eine bemerkenswerte Analogie zu Montesquieus Werk erblicken.

Ähnlich wie sein Vorbild betrachtet Tocqueville drei Gruppen von Ursachen – zufällige Besonderheiten, Gesetze, Gewohnheiten und Sitten – und verbindet diese Betrachtung mit einer dreistufigen Erklärung. Alle drei Gruppen von Ursachen spielen eine wichtige Rolle in der Etablierung und Aufrechterhaltung einer liberalen Demokratie – sie haben aber unterschiedliches Gewicht: Gewohnheiten und Sitten sind wichtiger als Gesetze, Gesetze wichtiger als zufällige Besonderheiten.

Tocqueville beginnt mit den Faktoren, die in der gesamten nachfolgenden Diskussion der amerikanischen Erfahrung als »American Exceptionalism« eine herausragende Rolle spielen sollten. Da ist zunächst die geographische Gestalt Amerikas. Der dünn besiedelte, unermeßliche Raum macht die Vereinigten Staaten nicht nur zu einem klassischen Einwanderungsland, sondern eröffnet seinen Immigranten einen schier unerschöpflichen Quell von Lebenschancen. Durch die flexible »frontier«, die Ausdehnung des Territoriums durch Besiedelung des Westens, gibt es keine Landknappheit. Landknappheit jedoch war und ist die erste strukturelle Voraussetzung für die Entstehung einer landbesitzenden Aristokratie, wie das Beispiel Europas zeigt.

Eine weitere historische Besonderheit ist die Tatsache, daß Amerika keine benachbarten feindlichen Staaten und Großmächte kennt. Diese einzigartige geographische Lage garantiert Ruhe und Sicherheit an den Grenzen und ermöglicht eine zurückhaltende Diplomatie in den internationalen Beziehungen. Wer nicht Krieg mit anderen Mächten führen muß, kann sich ganz dem Aufbau der eigenen Nation widmen.

Zu diesen geographisch relevanten Faktoren treten technologische Faktoren. Die ständigen Einwanderungswellen sorgen nicht nur für das zur fortgesetzten Arbeitsteilung notwendige Bevölkerungswachstum und die erforderliche Bevölkerungsdichte. Gleichzeitig kann man mit dem handwerklichen Geschick und den technischen Fertigkeiten der eingewanderten Arbeiter auch die jeweils fortschrittlichsten Technologien der europäischen Länder importieren. Von diesem »brain drain« aus der ganzen Welt zehrt Amerika bis zum heutigen Tag.

Schließlich betrachtet Tocqueville auch noch die Gewohnheiten und Sitten der Einwanderer; nach Mentalität und vorherrschenden Werten vertreten die meisten Immigranten, vor allem die ersten puritanischen Einwanderer, Vorstellungen von Freiheit und Gleichheit, deren Sinn in starkem Maße in lebendige religiöse Traditionen eingebunden ist. Dieser Sinn für Freiheit und Gleichheit läßt es daher auch von der kulturellen Seite her nicht zu, daß erneut eine erbliche Aristokratie entsteht. Strukturelle Ursache – der Überfluß an Land – und die kulturelle Ursache – der puritanische Sinn für Freiheit und Gleichheit – verstärken sich wechselseitig und fördern die Etablierung einer demokratischen Gesellschaftsform.

Während die geographischen und sozialstrukturellen Rahmenbedingungen die Errichtung einer Demokratie begünstigen, sind es die Gesetze, so Tocqueville, die ihre kontinuierliche Aufrechterhaltung und ihre regelmäßige Funktionsweise ermöglichen und die politische Freiheit garantieren. Er versteht unter »Gesetzen« all das, was wir heute als politische Institutionen im weiteren Sinne fassen. Ausgangspunkt ist hier die föderale Verfassung der amerikanischen Republik. Die vertikale Macht- und Gewaltenteilung zwischen Präsident und Regierung auf der Bundesebene, der Einzelstaaten bis hinunter zur Gemeindeebene scheint ihm eine gute Gewähr für die Aufrechterhaltung einer liberalen Demokratie zu sein, besser jedenfalls als der Despotismus der französischen politisch-administrativen Zentralisation.

Die Union auf der obersten Ebene garantiert die äußere Sicherheit, die Einzelstaaten bis hin zu den Gemeinden sind verantwortlich für die konkreten regionalen und lokalen politischen Probleme. So erlaubt die föderale Verfassung, die Vorzüge einer großen Nation mit der Flexibilität und Anpassungsfähigkeit einer differenzierten und dezentralen politischen Arbeitsteilung zu verbinden.

Er betrachtet sodann die politische Gewaltenteilung im herkömmlichen Sinne, also die horizontale Machtteilung zwischen Präsident und den beiden Kammern, dem Senat und dem Repräsentantenhaus. Er unterstreicht die Rolle des Supreme Court und macht den Juristengeist für Nüchternheit und Fairneß in der Rechtsprechung verantwortlich. Zudem hebt er die Bedeutung der Parteien als weltanschaulich-ideologisch nicht fixierte Vereinigungen für den politischen Prozeß der Willensbildung genauso hervor wie die Rolle der Vereinigungsfreiheit und der für die Demokratie lebenswichtigen freiwilligen Organisationen und Assoziationen. Hinzu tritt die Pressefreiheit, die Informations- und Kommunikationsfunktion der Zeitungen und der wachsende Einfluß der öffentlichen Meinung. Sollte man aus diesem umfangreichen Analysekomplex einen Faktor in seiner Bedeutung und Stellung besonders akzentuieren, so ist es sicherlich die Gemeinde und die Rolle des Gemeindelebens. Tocqueville ist fasziniert von der politischen Partizipation in der Gemeinde, der »Demokratie in vivo«.

Die wichtigste Grundlage für die Erhaltung einer liberalen Demokratie ist das dritte Ursachenbündel: die Gewohnheiten und Sitten, die er auch als »Gewohnheiten des Herzens« bezeichnet. Tocqueville will also prüfen, ob und inwieweit die amerikanische Nation über eine politische Kultur verfügt, die eine liberale Demokratie »trägt« und politische Freiheit erhält. Seine zentrale These zielt auf die kongeniale Wahlverwandtschaft von Politik und Religion. Liberale Demokratie und Christentum sind zwar verfassungsmäßig getrennt, unterstützen sich aber wechselseitig, so daß der »Geist der Religion« den »Geist der Freiheit« widerspiegelt: »Amerika ist in der Welt der Ort, wo die christliche Religion am meisten wirkliche Macht über die Seele bewahrt; und wie nützlich und natürlich sie den Menschen ist, zeigt sich am besten darin, daß das Land, wo sie heute die größte Macht ausübt, zugleich das aufgeklärteste und das freieste ist.«

Alles in allem zeichnet er ein optimistisches Bild, denn die zufälligen Besonderheiten, die Gesetze, die Gewohnheiten und Sitten tragen allesamt zur freiheitlichen Demokratie in Amerika bei. Tocqueville beläßt es nicht dabei, sondern versucht im zweiten Band den Idealtyp der modernen Demokratie zu entwerfen. Am Beispiel Amerikas will er herausfinden, was es für gesellschaftliche Lebensweise und individuelle Lebensführung heißt, in einer Demokratie zu leben und welche Gefahren sie notorisch bedrohen.

Hatte der erste Band den jungen Autor schlagartig weltberühmt gemacht, konnten die Zeitgenossen mit dem zweiten Band nicht viel anfangen. Gerade hier jedoch findet sich seine bis heute gültige Zeitdiagnose von der Demokratie als moderner Lebensform; gerade hier wird der Zusammenhang zwischen Demokratie, Gleichheit und Individualismus deutlich; gerade hier wird klar, wie eine moderne egalitäre Gesellschaft funktioniert, die dem Rest der Welt als Richtschnur dienen und die aristokratischen und bourgeoisen Befürchtungen in seiner Heimat zerstreuen könnte.

Während im alten Europa der Kampf der Ideologien angesagt ist zwischen monarchischer Restauration, kaiserlichem Autoritarismus, bürgerlicher und sozialistischer Republik, ist man in Amerika längst zum Pragmatismus als Weltanschauung übergegangen. Noch vor der Entwicklung einer Philosophie des Pragmatismus durch John Dewey und William James schildert Tocqueville diesen realistischen Denkhabitus als »geistige self-reliance«, gewissermaßen das »sapere aude« der Aufklärung in eine praktische Doktrin gegossen. Dahinter verbirgt sich die Vorstellung einer unbegrenzten Vervollkommnungsfähigkeit des Menschen, die aus der Idee der »perfectibilité« eines Voltaire in die »Can do all«-Mentalität der amerikanischen Selbstverwirklichung transformiert wird.

Während im postfeudalen Europa noch die alten Klassenkämpfe zwischen Aristokratie und Bürgertum einerseits, Bourgeoisie und Proletariat andererseits toben, ist man in den Vereinigten Staaten schon zur Tagesordnung des Individualismus, des »pursuit of happiness« und des materiellen Wohllebens übergegangen. Die Gefahren sieht er zum einen in der rassisch geprägten Sozial- und Klassenstruktur, in der die Weißen dominieren, die Indianer von Auslöschung bedroht sind und die Schwarzen mit ihrer Erinnerung an die Sklaverei hadern; zum anderen in der Entstehung einer neuen Aristokratie, dem Geldadel. Das Bild von der Demokratie als moderner Lebensform, das er am Ende zeichnet, kommt uns heute indes sehr vertraut vor.

»Die großen Reichtümer verschwinden; die Zahl der kleinen Vermögen wächst; die Vielfalt der Wünsche und der Genüsse nimmt zu … Der Ehrgeiz herrscht als Gefühl allgemein, ein Streben nach großen Zielen ist selten. Jeder ist vereinzelt und schwach; die Gesellschaft ist rührig, vorausblickend und stark; die einzelnen tun kleine Dinge, und der Staat deren gewaltige … Die Menschen leben länger, und ihr Besitz ist besser gesichert. Dem Leben fehlt fast jeglicher Glanz, aber es ist sehr bequem und friedlich … Alle Fesseln der Rasse, der Klasse, des Vaterlandes lockern sich; das große Band der Menschheit schließt sich enger.«

Bei aller zeitgenössischen Bewunderung hat Tocquevilles Ansatz im Laufe der Zeit zahlreiche Kritik auf sich gezogen. Schon John Stuart Mill fragte 1840 in seiner Besprechung des Werkes in der *Edinburgh Review*, ob Tocqueville nicht Demokratie und Zivilisation verwechselt habe. George Pierson monierte die Vernachlässigung der Ökonomie zugunsten von Kultur, Recht und Moral. Methodisch wurde Tocquevilles »instinktive Intuition« bemängelt, aus einigen Beobachtungen und einzelnen empirischen Aspekten weitreichende Schlußfolgerungen zu ziehen, die auf Verifikation, nicht auf Falsifikation aus waren. Historisch gesehen stellt sich die Frage, wie demokratisch die Vereinigten Staaten wirklich waren, denn das allgemeine Wahlrecht bezog sich nur auf »white males«, schloß Indianer und Schwarze, die einheimische Bevölkerung und die Sklaven aus – von Frauen ganz zu schweigen.

Aber so zutreffend die Kritik im einzelnen ist, es bleibt die unübertroffene Leistung Tocquevilles bestehen, die umfassendste und detaillierteste Analyse moderner Demokratie vorgenommen zu haben; Tocqueville hat uns die Eigenart und Einzigartigkeit des amerikanischen Experiments der ersten neuen Nation, die Vorzüge und Nachteile einer egalitären Gesellschaft vor Augen geführt. Im neuen Zeitalter der Demokratie im 21. Jahrhundert bleibt dieses analytische Erbe des aristokratischen Liberalen aus Frankreich anzutreten und systematisch auszuschöpfen.

Arme Schweine

Von Helmut Niemeyer

»Die bewimperten Blauäuglein und die Haut des Schweines haben vom Menschlichen mehr als irgendein Schimpanse, – wie ja denn auch der nackte Körper des Menschen sehr oft an das Schwein erinnert.« So Professor Kuckuck zu Felix Krull im Zusammenhang der Frage, ob der Mensch vom Affen abstamme. Freilich. Je mehr eine geschlachtete Sau gebrüht und geschabt wird, desto menschlicher sieht sie aus. Spanferkel gar, wenn sie blitzblank nebeneinander in Fleischständen südlicher Märkte hängen, lassen leicht an menschliche Säuglinge denken. Kannibalismen, bewußt, unbewußt. Swifts *Bescheidener Vorschlag*. Hahnrei Litumlei in Kellers *Schmied seines Glückes*: »ein Stammhalter, so munter wie ein Ferkel, liegt uns in der Wiege«.

Stiere werben für Brandy, lila Kühe für Schokolade, Ziegen für Käse, Schafe für Wolle. Schweine aber werben nicht für irgendein Produkt, sie servieren sich selbst, sogar in Produktform (Wurst, Schinken, Braten). Solche Figurinen und Bilder fanden sich lange auf Theken und in Schaufenstern des Fachhandels, hier und da finden sie sich immer noch. Posen und Kleidungsstücke menschlich, wie in alten Tierbilderbüchern (mit Kultcharakter nicht nur für Horst Janssen: die *Häschenschule*), heute in Tiercomics und Animationsfilmen (KIKA ist voll davon).

Insofern Verwandtschaft mit Gartenzwergen. Die brauchen allerdings nicht ihr eigenes Fleisch zu Markte zu tragen. Und da kommen Exhibitionismen vor, Stinkefinger und anderes für Kenner und Liebhaber. Prozesse unter Nachbarn sind deswegen geführt worden. Ob indessen bei einer kleinen Plastiksau mit Sonnenbrille und Tanga im Liegestuhl von Konsumförderung derart die Rede sein kann, daß so der Verzehr von Grillwürstchen gesteigert wird, mögen Fachleute entscheiden.

Manchmal weiß man nicht genau, wer wen essen soll. Auf einer Zeichnung von Thomas Theodor Heine sitzt ein Schwein mit Zigarre und Zeitung im Klubsessel am Tisch, darauf eine Weinflasche und, von Gewürzbehältern umgeben, mit Grünzeug garniert, ein Menschenkopf, physiognomische Unterschiede minimal. Sensiblen Naturen darf schlecht werden. Eine Fotoanzeige aus den sechziger Jahren: Schweinemasken über korrekten Cityanzügen. Sollte heißen: (West-)deutsche Männer wechseln ihre Unterwäsche nicht häufig genug. Meinten die Produzenten. Sehr schlichte Botschaft.

Der traurige Haß des George Grosz ist von anderem Kaliber. In »Dr. Benns Nachtcafé« geht es nicht um Textilien. »Die Krone der Schöpfung, das Schwein, der Mensch«. »Üble Schnauzen«: Menschenmänner mit Schweineköpfen drükken ihre Rüssel auf Weibermäuler, die nichts dagegen haben und zu ihnen passen. Keine verkleideten zarten Hühnchen, Häschen, Kätzchen wie bei Grandville, die Wüstlingen und Kupplerinnen in Schweinegestalt ausgeliefert sind.

Das kennt man noch aus Fabelliteratur und mancher Emblematik. Tiere verkörpern menschliche Eigenschaften, und zwar deutlich. Jeder soll erkennen, um was es »eigentlich« geht. Listiger Fuchs, dumme Gans. Da kommen Schweine schlecht weg. Schmutzig, faul, gefräßig, lüstern fühlen sie sich »sauwohl« (*Die klassische Sau* – so der Titel eines »Handbuchs der literarischen Hocherotik«). In Auerbachs Keller singen die Studenten: »Uns ist gar kannibalisch wohl, als wie fünfhundert Säuen«. Sie rauszulassen, macht vielen Spaß, und oft ist das ein unfeines, aber harmloses Vergnügen. Oft, nicht immer. Unter dem Komisch-Ordinären kann es schnell bitterernst werden. Am tiefsten Punkt seines Elends lebt der verlorene Sohn im biblischen Gleichnis als Schweinehirt vom Schweinefutter.

Mittelalterliche Bilder der Versuchung bringen erst recht vor Augen, was der Teufel alles aus und mit Schweinen machen kann. Hieronymus Bosch malte die Sau im Nonnenhabit. Inzwischen hat der Teufel ganz andere Verkleidungen ausprobiert. Das Schwein aber mußte weiter herhalten. Einerseits zum fast gutmütigen Tadel für ungefährliche Säufer, Fresser, Hurenböcke (»In sin Jugend was en Farken, / In sin Öller was en Swin. / Herrje, wat mak he nu woll sin?« soll auf einem norddeutschen Grabstein irgendwo gestanden haben).

Andererseits zur aggressiven Benennung von Fabrikanten, Spekulanten, Großagrariern, Generalen – von Ausbeutern also und Unterdrückern, wobei immer wieder auch physiognomische Ähnlichkeit behauptet und dargestellt wurde. Argwohn, daß da außer den sattsam bekannten Untugenden mit ihren angeblichen physiognomischen Kennzeichen noch anderes im Spiele sein könnte, keine Ferkeleien, kein Schweinkram.

Treibende Kraft, Strategen, Ideologen und dann Verräter der Revolution in Orwells *Animal Farm* sind die Schweine. Sie können am besten mit den Menschen verhandeln, übernehmen immer mehr deren Lebensgewohnheiten, spielen am Ende mit Menschen im Farmhaus Karten. Die anderen Tiere sehen von draußen zu: »It was impossible to say which was which«. Nicht einmal in Großbritannien konnte das während des Krieges gedruckt werden, zu sehr erinnerte die Farm an die real existierende Allianz, vor allem aber der große Chef an Stalin. (Er heißt Napoleon – britische Bosheit. In der französischen Ausgabe wurde daraus César. Früher Gruß von Asterix.)

Abgesehen jedoch vom politisch Gemeinten: Kein Tier auf dem Hof kommt offenbar dem Menschen so nahe wie das Schwein. Unbehagen darüber. Die *Dialektik der Aufklärung* macht es noch peinlicher, wenn es bei Odysseus und Kirke um die Schweine geht. Zunächst wieder deren »menschenähnliche Anatomie« und »Nacktheit«. Sodann das Tabu über dem Ähnlichen, dazu erneut das Kannibalismusmotiv. Und das »Glück des Geruchs« (»Zauber und Gegenzauber« gebunden »ans Riechen als den immer mehr unterdrückten und verdrängten Sinn, der wie dem Geschlecht so dem Eingedenken der Vorzeit am nächsten liegt«). Freilich »im Bilde des Schweins« »entstellt schon zum unfreien Schnüffeln dessen, der die Nase am Boden hat und des aufrechten Ganges sich begibt«. (Bei Orwell sind es umgekehrt die Schweine, die sich den Menschengang anquälen und so ihren Tierstatus preisgeben.)

»Jedenfalls hat späterhin alle Zivilisation mit Vorliebe diejenigen Schweine genannt, deren Trieb auf andere Lust sich besinnt als die von der Gesellschaft für ihre Zwecke sanktionierte.« Beschämende Nachbarschaft allerwegen. Da spürt der Zivilisierte, wie unwohl ihm eigentlich ist und wie nah das Verbotene. Verbindungen zwischen Schleimhaut und

Hirnrinde (Trüffelschweine und Kokainschnupfer). Im Jargon heißt der Privatdetektiv Schnüffler.

Bekannt ist die Wichtigkeit des Schweins für den Demeterkult. Nun aber dies: »Die alte Baubo kommt allein, / Sie reitet auf einem Mutterschwein. / … Ein tüchtig Schwein und Mutter drauf, / Da folgt der ganze Hexenhauf.« Erstaunlich, denn bei den nordischen Hexen mit ihren Ofengabeln, Besen, Krücken, Trögen ist Fruchtbarkeit wenig gefragt, man braucht sie eher fürs Gegenteil. Auch Schweine gehören nicht auf den Brocken, wohl aber Ziegen und vor allem Böcke.

Die Sau mit mächtigem Leib, zwei langen Zitzenreihen, vielen Ferkeln aus einem Wurf – einleuchtenderweise Inbegriff natürlicher Fülle, wobei Fruchtbarkeit kein Synonym für das ist, was Menschen gern Mutterliebe nennen. So ein Prachtvieh frißt neben vielem anderen unter Umständen auch die eigenen Jungen (schon wieder der Kannibalismus). Manche Menschenkinder erinnern sich an animalisches Behagen im Schweinekoben, andere an entsetzliche Angst. Traumbüchern aus Antike und Mittelalter bedeuten Schweine (auch Schweinefleisch und erst recht Menschenfleisch) Erfreuliches (gute Geschäfte, Profit).

Im Bauche des Sparschweins heckt bis heute das Kleingeld. Dem entspricht das Glücksschwein zu Silvester neben Hufeisen, vierblättrigem Klee und Schornsteinfeger. Nackte Marzipanfigürchen, possierlich und sauber (kindlicher Kannibalismus?). Wer mag da wie Hofmannsthal an ein Tier denken, »das aufgehangen war am queren Holz und innen blutschwarz«? Doch, es kommt vor, sogar daß jemand darüber hinaus bei diesem Anblick sich an den Gekreuzigten erinnert. Großer Schauder. Not der Kreatur. Arme Schweine vor allem, ganz buchstäblich. Dann auch metaphorisch: Solche, denen keiner hilft. Solche, denen nicht zu helfen ist.

Fasching auf dem Zauberberg (unter der Überschrift »Walpurgisnacht«). Dazu passend zitiert Settembrini »Die alte Baubo« – »und fügte auch den Reimvers hinzu«. Der Autor tut das nicht, offenbar kann er ihn bei seinen Lesern voraussetzen. Das gilt der lächerlichen Frau Stöhr mit ihrem lächerlichen Kostümbesen. Im bürgerlich-klinischen Bezirk kann offenbar ein richtiges Mutterschwein allenfalls als Zitat vorkommen, selbst das nur indirekt. Ebern geht es nicht besser. Keetenheuve im *Treibhaus* träumt davon, seine Frau zu rächen, verkleidet in eine altmodische »Witwertracht«, die er aus seiner Jugend kennt. Schwarz und feierlich, »etwas schmutzige« weiße Weste samt Uhrkette, »an der ein Eberzahn hing; ein Symbol, daß das Tier besiegt sei.« Viel gehörte wohl nicht dazu. Vom königlichen Kerl bleibt ein Zahn an der Uhrkette. Keine Jagdtrophäe, eine Antiquität.

Was waren das bei den Griechen für großartige Ungeheuer, die ganze Landstriche verwüsteten, mit denen Helden und Halbgötter (»Heroen« im strengen Wortsinn) kaum fertigwurden. Der Erymanthische Eber (als Herakles ihn gefangen anschleppte, kroch Eurystheus vor Angst in ein Faß), die Kalydonische Jagd (um die Decke des erlegten Ebers gab es Krieg). Ein Eber tötete Adonis und sorgte so für Komplikationen innerhalb der Götterwelt.

Auch die Narbe des Odysseus stammte nicht von einem Löwen oder Stier. Keltische Münzen waren dem Eber gewidmet. Die Germanen wußten vom Eber als göttlichem Reittier mit goldenen Borsten, die im Dunklen leuchteten. (Namen, in denen er steckt: Ebbo, Ebert.) In nachmythischen Zeiten Kriegerzeichen und Wappentier, noch in Ernst Jüngers *Marmorklippen* ziert ein roter Eberkopf die Standarte des »Oberförsters«. Kriemhild träumt vor Siegfrieds Ermordung, daß ihn auf der Jagd zwei Eber umbringen. Höchst gefährlicher Kämpfer, wenn man ihm mit dem Spieß, der »Saufeder«, gegenübertrat.

»Aut Mors aut Vita Decora«, heißt es in einem Emblem dazu – das galt für beide Gegner. Auch im Zeitalter weittragender Büchsen nicht zu unterschätzen. »Wir müssen fechten wie angeschossene Eber«, wußten die *Räuber*. Jeder Keiler, der heutzutage mit seiner Sippe irgendwo ein Maisfeld umwühlt, gehört in diese Reihe.

Wildschweine: wilde Schweine, nicht etwa solche, über die es keine Statistiken gibt. Doch auch »Hausschweine« waren jahrhundertelang wilder als jetzt. Zwischen was für Biestern sitzt etwa Dürers »Verlorener Sohn«. Wo Schweine noch zeitweilig in Herden unter freiem Himmel leben, sehen sie entsprechend aus. Beiseite gelassen sei hier der moderne Regelfall: fabrikmäßige Aufzucht (mit künstlicher Besamung, Grunzen vom Tonband), Tötung, Verarbeitung. Schon früher gilt wohl: je »häuslicher« die Hausschweine als stallgehaltene Vielfraße, desto nackter, hysterischer, hilfloser.

»Er hätte den als Schwein beschrieben«: »rosige Länge, obendrein weißlich behaart, die schweren Schenkel, nicht wuchtig sondern wabbelig, die massigen Arme, ansehnlich auf den ersten Blick, weichmusklig auf den zweiten, und am ganzen Leibe das zarte ängstliche Fett«. Offenbar ein gut gefüttertes Hausschwein, ziemlich zahm, dabei vielleicht tückisch, sicher kein imponierender Eber. »Das reichte Cresspahl nicht, ihn ein Schwein zu nennen; vielleicht war ihm das mecklenburgische Wort dafür zu schade. Er nannte ihn beim vollen Namen, mit einem gewissen Ernst. Damit tat er dem Vertreter der Hitlerpartei größeren Schaden, und billiger.«

Bürgermeister und Ortsgruppenleiter Jansen sieht, meint Cresspahl, einem Schwein einigermaßen ähnlich. Trotzdem möchte er ihn nicht so bezeichnen. Wer sich einen Namen gemacht hat wie Jansen, braucht keinen anderen. Verbalinjurie, der schwer beizukommen ist. Anders gesagt: Was haben Schweine mit Jansens Taten zu tun, nur weil er vielleicht ein bißchen wie sie aussieht?

Genau das wiederholen die Anthropomorphismen in alten Fabeln, Emblemen und Allegorien, in modernen Traumbildern, in Karikaturen, Werbung, Propaganda immer wieder, wie falsch und komischem es oft im allgemeinen und im einzelnen sein mag. Unsauberkeit, Faulheit, Gefräßigkeit, Geilheit sind »schweinische« Eigenschaften, die sich bei Menschen physiognomisch niederschlagen.

Anderes meint der »im Deutschen übliche Mißbrauch des Tiernamens«, von dem es in den *Jahrestagen* (am 31. Januar 1968) heißt, er »hätte dem Pg. Jansen nicht übel angestanden«. Cresspahl spart ihn aus, der Schweine wegen. Als »Schwein« gilt hierzulande und nicht erst seit gestern einer, zu dem gebildete Väter möglicherweise »Schuft« gesagt hätten. Ein Wort, das seinerseits laut älterem Etymologieduden »allgemein einen ›Lumpenhund‹« meint (ohne Anführungszeichen geht es hier nicht).

»Lumpenhund« ist ja wohl ein besonders lumpiger Lump wie »Schweinehund« ein besonders schweinisches Schwein, sprich schuftiger Schuft. »Schwein« und »Hund« gleichermaßen und weithin austauschbar gebräuchlich als Komposita schwerer Beschimpfungen. »Kommunistenhund«, »Judensau«, »Nazischwein« und so fort. Etwas anspruchsvollere Agitatoren meinten, »Bolschewist«, »Faschist«, »Jude«, »Nigger« genüge zur Diffamierung vollauf, die Kombination mit »Schwein« oder »Hund« erzeuge nur Tautologien. Dabei waren die beiden einst erbitterte Feinde. Mit Hunden rückte man Ebern zu Leibe.

Der »innere Schweinehund«? Pädagogische Erfindung des späten 19., frühen 20. Jahrhunderts, Inbegriff egoistischer Triebkräfte wie Bequemlichkeit, Genußsucht, Feigheit, zu bekämpfen durch Leistungswillen, Härte, Askese. Luthers »Alter Adam« (der durch »tägliche Reue und Buße« »ersäufet« werden soll) mag mit dabeisein. Wohl irgendwie preußisch-protestantisch im Ansatz, vor allem aber turnerisch und kommissig.

Soviel steht fest: Diese »Schweine« (wie die entsprechenden »Hunde«) haben mit Tieren gleichen Namens nichts zu tun, weder physiognomisch noch sonst irgendwie. Wer bei uns wen warum ein »Schwein«, wer was warum eine »Schweinerei« nannte, kann und soll jetzt nicht vorgerechnet werden. Die Liste wäre lang, enthielte untadelige wie verruchte wie gleichgültige Namen und bestätigte nur Bekanntes.

Kuriositäten: Kurt Hiller hielt es für witzig, von »Ullschweinen« zu sprechen. Albert Einstein meinte (wie man kürzlich in einem TV-Film erfuhr), die Ehe müsse »ein phantasieloses Schwein« erfunden haben. »Du mußt ein Schwein sein«, hieß es vor einigen Jahren in einem Song, seither sprichwörtlich. Schwein ist das Übelste, da sind sich Szenen und Kieze aller Sorten einig (»Bullenschweine«). Um aber doch »politisch« zu schließen: Als im März jemand in Kiel der bisherigen Ministerpräsidentin anonym seine Stimme verweigerte, nannte ein prominenter Genosse das nach guter Tradition eine »ehrlose Schweinerei«.

Nordamerikanische Indianer wußten immer, daß der Bär ein Bruder des Menschen ist. Was für ein Verwandter ist das Schwein?

Chronik (XX)

Von Iris Hanika

Der Krieg ist verloren, die Natur bleibt.
Japanisches Sprichwort

Ab vierzig zweifelt man nicht mehr.
Chinesisches Sprichwort

Japan

Die japanischen Gesichter kommen mir jetzt überhaupt nicht mehr fremd vor (ich bin zum dritten Mal in Japan; bei meinem ersten Besuch mußte ich mich zusammenreißen, um die Leute nicht so unverschämt anzustarren, als wären sie Ausstellungsstücke im Völkerkundemuseum), vielmehr erkenne ich hier alle Typen von Menschen wieder, die ich von anderswoher kenne (wobei mir auffällt, daß ich sie eher aus Berlin oder Paris kenne als aus Chicago oder New York), nur ist der Untergrund hier eben immer asiatisch, während er in Europa europäisch ist. Entweder bin ich nun nicht mehr überwältigt von der Fremdheit und Andersartigkeit Japans, weil ich schon daran gewöhnt bin, oder ich habe in den letzten zehn Jahren ein anderes Schauen und Sehen gelernt und lasse mich von Äußerlichkeiten nicht mehr so beeindrucken wie früher.

Die wenigen schrill gekleideten Personen sind gleich besonders schrill gekleidet und haben sich womöglich noch die Haare bunt oder wenigstens blond gefärbt. Doch zum allergrößten Teil tragen die Leute konservatives Gewand, zurückhaltend, ordentlich, Anzüge und Kostüme in gedeckten Farben, eher Unfarben, höchstens dunkelblau. Aus der Ferne betrachtet, ist das ein recht einheitliches Bild. Womöglich tritt gerade darum die Individualität der einzelnen Personen so deutlich hervor, ihre jeweilige Besonderheit. Die Einheitlichkeit setzt sich fort in dem stetigen Höflichkeitsbrimborium, das alle gleichermaßen beherrschen und praktizieren. Man ist hier in sehr strenge Formen eingebunden. Das gibt jedem einzelnen seine je einzelne Würde und womöglich die Freiheit.

In Bussen und Bahnen ist es verboten, mit seinem Taschentelefon zu telefonieren, und alle halten sich dran. Die Jugend tippt in einem fort SMS-Botschaften, die älteren Leute sind sowieso immer leise. So ist es still und friedlich in den öffentlichen Verkehrsmitteln, auch wenn sie voll sind. Und in den Selbstbedienungscafés wird man zwar laut mit Musik beschallt, aber die Gäste sitzen ganz ruhig auf ihren Stühlen und schauen auf die Displays ihrer Telefone, auf deren Tasten sie herumdrücken.

BMW und Hugo Boss wollen sich nicht am deutschen Jahr in Japan beteiligen. Sie verstünden sich als globale Firmen, sagen sie, und wollen nicht eindeutig als deutsche Firmen in Erscheinung treten. So ähnlich haben am Anfang ihrer Erfolgsgeschichten japanische Firmen agiert, die sich englische Namen gaben, um für amerikanische Firmen gehalten zu werden. Nur war es da eben der Anfang; hier erscheint es eher wie das Ende. BMW wird in Japan sowieso englisch ausgesprochen, das soll nicht wieder geändert werden. Der deutsche Selbsthaß ist in den Vorstandsetagen der Wirtschaft angekommen.

Der junge Japaner, der mich zum Bahnhof begleitet, fragt, welche Städte ich in China besuchen werde. Als ich ihm sage, daß ich außer nach Schanghai auch nach Nanjing fahren werde, zerfällt ihm sofort das Gesicht in die hilflos entsetzte Traurigkeit, in die es einem Deutschen zerfiele, wenn ihm ein Japaner unbefangen erzählte, daß er in Polen auch nach Auschwitz fahren werde. Daß andere da einfach so hinfahren können.

Zivilisation ist, wenn man sich sinnlos besaufen kann, ohne daß einem etwas passiert, also ohne daß einem jemand etwas tut, definiert ein Freund, der sich gerne mal sinnlos besäuft und das schon in sehr vielen Ländern getan hat. Nach dieser Definition wäre Japan das einzige zivilisierte Land der Erde, da sind wir uns einig.

*

China ist ganz anders. Es scheint für unsereinen viel einfacher als Japan, denn wenn die Leute miteinander sprechen, schreien sie, und vor allem fehlen die ganzen Höflichkeitsfloskeln. Während in Japan »Entschuldigung« das wichtigste Wort ist, müssen Chinesen, wenn man sie nach dem entsprechenden Begriff fragt, erst einmal überlegen, was man da sagen könnte.

Da ist eine schöne Frau, die ihr langes Haar offen trägt, obwohl sie die Fünfzig gerade überschritten hat. Nein, sie trägt es nur halb offen, denn das Haar, das ins Gesicht fallen könnte, hat sie mit verschiedenen Klämmerchen und Spängchen am Kopf fixiert. Am Abend hatte sich allerdings die eine oder andere Strähne schon gelöst und hing ihr nun doch ins Gesicht. Wenigstens hielt ich das für den Grund der leichten Unordnung ihrer Haare. Es war aber nicht der Grund, denn am nächsten Morgen sahen ihre Haare ganz genauso aus. Da hingen ihr ganz genau dieselben Strähnen ins Gesicht wie am Abend, während die anderen sich nicht gegen ihre Fixierung am Kopf sträubten. Und auch die roten Bäckchen und der blaue Lidschatten waren auf ganz genau dieselbe Art zuviel wie am Abend zuvor, an dem sie leicht betrunken ausgesehen hatte. Sie war aber nicht betrunken, weder am Abend noch am Morgen, vielmehr resultierte die Präsentation von Gesicht und Haaren ganz offensichtlich aus langer Überlegung und präziser Arbeit. Diese Frau stellte das zufällig Scheinende jeden Tag aufs neue her, und indem sie Gesicht und Haare mittels Schminke und Frisur in eine bestimmte Form brachte, zeigte sie, daß sie das Kunstschöne dem Naturschönen vorzog, was, mit Hegel, natürlich zu begrüßen war, wenngleich sich die Frage anschloß, warum sie sich bemühte, dies Kunstschöne wie ein Naturschönes erscheinen zu lassen.

Am ersten Sonntag im November, am späten Nachmittag, es dunkelt schon sehr, bin ich auf dem St. Matthäus-Kirchhof, zum zweiten Mal erst, obwohl ich doch schon so lange in Berlin lebe. Hier möchte ich beerdigt werden, habe ich bei meinem ersten Besuch vor vielleicht zwei Jahren beschlossen, denn hier gefällt es mir. Heute überprüfe ich meinen Wunsch und stelle fest, daß es wirklich der schönste Berliner Friedhof ist, den ich kenne, und ich auf jeden Fall hier beerdigt werden möchte. Es sind auch viele Grabstätten frei, und vor ein paar Tagen habe ich in der Zeitung gelesen, daß in Berlin gar nicht so viele Friedhöfe gebraucht würden, wie man vor ein paar Jahren noch dachte. Meine Chancen stehen also gut. Dennoch befällt mich plötzlich die Sorge, der Friedhof könne bis zu meinem Tod vielleicht doch schon voll sein, und ich könne dann nicht mehr hier beerdigt werden. Daß ich zu spät sterbe, davor habe ich plötzlich Angst.

In den Kaffeehäusern sitzen die Leute und starren zum Fenster hinaus, denn zum Hinausstarren aus dem Fenster, zu nichts anderem, sind diese »Third-place«-Coffeeshops gemacht. Vor ihren vom Boden bis zur Decke reichenden Fensterfronten sind schmale Tischbänder installiert, die so hoch sind, daß man auf Barhockern an ihnen sitzt. Den anderen Gästen wendet man den Rücken zu, vom Rest der Welt ist man durch eine dicke Glasscheibe abgetrennt. Edward-Hopper-mäßige Bars sind das, auf ihren eigentlichen Zweck reduzierte Kaffeehäuser: Orte, an denen man einsam sein kann, ohne allein zu sein. Den Kaffee muß man sich selber holen; darum wird man, hat man erst einmal eine Tasse vor sich stehen, nicht einmal mehr von einem Kellner angesprochen. Man muß gar nicht mehr reden. Nur der Aschenbecher wird regelmäßig gewechselt, denn beim Hinausstarren aus dem Fenster muß viel geraucht werden. Bei Starbucks ist es anders. Dort wird mittels großer billiger Sessel das bürgerliche Wohnzimmer imitiert, und man darf nicht rauchen, sondern höchstens Schokolade essen. Deswegen geht man dort nicht hin, wenn man mal so vor sich hinstarren muß, sondern in die Kaffeebar auf der anderen Seite der Kreuzung. Die ist in ihrer eleganten Sachlichkeit dem Großstadtleben adäquat, und die trübe Seelenlage wird nicht durch Vorgaukeln von Gemütlichkeit verhöhnt. Das Gegenüber ist die Straße: die Passanten, die einen nicht bemerken, die Autos, die vorüberfahren, die Bürofenster, hinter denen sich nichts bewegt, wenn man von unten hinaufschaut.

Ein Mann um die dreißig raucht vier Zigaretten, während er aus dem Fenster starrt. Er hat eine Zeitung neben sich gelegt, liest sie aber nicht. Eine in helle Farben gekleidete Frau über fünfzig hat erst zwei Zigaretten geraucht, als sie zu ihrem Taschentelefon greift, in das sie dann, ohne sich gemeldet zu haben, hineinschmeichelt: »Ich wollte nur fragen, ob dein Tag schön angefangen hat.« Es ist zwölf Uhr mittags. Ihr Anruf ist nicht erwünscht, denn als nächstes muß sie ihn damit erklären, daß vorher immer besetzt gewesen sei. Der Kerl indes hat andere Dinge zu tun, als der unglücklichen Frau, die seine Nummer in ihrem Telefon gespeichert hat, Auskunft darüber zu geben, wie sein Tag angefangen hat. Wo seine Tage doch immer gleich anfangen.

Draußen gehen die Leute vorbei und werden immer fremder.

Auf der Fähre von der deutschen Ferieninsel zum Festland zurück erzählt eine Frau einem Ehepaar, daß ihr Mann nach Behandlung in einer Akupunkturklinik in Nigeria das Rauchen von bis zu sechzig Zigaretten am Tag aufgehört habe. Die Frau des Ehepaares zählt daraufhin sämtliche Methoden auf, mit denen man das Rauchen aufhören könne. Ein bläßlicher Mann in seinen Fünfzigern spricht derweil zu einer Frau in ihren Siebzigern über die Frage, ob es die Kinder denn wirklich einmal besser haben sollten, ob das eigentlich einzusehen sei. Die Ehefrau, die übers Rauchenaufhören so gut Bescheid weiß, erzählt nunmehr, wie bei ihrem Mann, der neben ihr sitzt, der Diabetes festgestellt worden sei. Die Vermieterin des vollgestopften Ferienzimmers, aus dem ich gerade geflohen bin, hatte mich zum Abschied gefragt, was ich eigentlich beruflich mache. Als ich sagte, daß ich schreibe, fragte sie: »Auch Bücher?« Als ich das bejahte, erzählte sie sofort, daß eine Bekannte von ihr mit vierundachtzig Jahren ein Buch über ihre Hoteldynastie auf der kleinen Ferieninsel veröffentlicht habe und daß das doch erstaunlich sei in ihrem Alter. In der Speisekarte des Fährrestaurants wird ausführlich erläutert, warum der Service nicht klappt.

Beim Reisen in Zügen oder Flugzeugen gibt man sich auf für eine Weile. Sobald man in den Zug eingestiegen ist, beim Fliegen ab dem Moment, da man eingecheckt und sein Gepäck abgegeben hat, kann man nichts mehr tun, außer seinen Körper an die richtige Stelle zu bringen und dann dort zu belassen. Für alles andere hat man die Verantwortung abgegeben. Man ist für nichts mehr zuständig, sondern im Nirgendwo, man hat sich dem Zug, dem Flugzeug – der Reise hingegeben. Das ist das Schöne am Reisen, dieser Aufenthalt im Nirgendwo, dieses Enthobensein der Zuständigkeit für sich selbst; dieses Hingeben.

CHRISTOPHER BAETHGE, geb. 1967, Psychiater an der Psychiatrischen Klinik der Universität Köln und der Harvard Medical School, Boston. christopher.baethge@web.de

MARK M. ANDERSON, geb. 1955, Professor am Department of Germanic Languages der Columbia University, New York. 1992 ist erschienen *Kafka's Clothes*, 1998 *Hitler's Exiles* (Herausgeber). – Der Beitrag ist die gekürzte Fassung des Essays *Children and the Holocaust*, der im Herbst erscheinen wird. mma2@columbia.edu

HUBERT MARKL, geb. 1938, Professor emeritus für Biologie an der Universität Konstanz, 1996 bis 2002 Präsident der Max-Planck-Gesellschaft. Zuletzt ist erschienen *Schöner neuer Mensch?* (2002). – Der Beitrag ist der leicht gekürzte Vortrag, gehalten in Berlin im März 2005 auf der Abschlußkonferenz des Forschungsprogramms »Die Geschichte der Kaiser-Wilhelm-Gesellschaft im Nationalsozialismus« der Max-Planck-Gesellschaft. hubert.markl@uni-konstanz.de

SIEGFRIED KOHLHAMMER, geb. 1944, Autor und Übersetzer. 1993 ist erschienen *Auf Kosten der Dritten Welt?*, 1996 *Die Feinde und die Freunde des Islam*. s.kohlhammer@t-online.de

CHRISTOPH TÜRCKE, geb. 1948, Professor für Philosophie an der Hochschule für Grafik und Buchkunst, Leipzig. Im Herbst wird erscheinen *Vom Kainszeichen zum genetischen Code. Kritische Theorie der Schrift.*

CHRISTOPH VON MARSCHALL, geb. 1959, leitender Redakteur des *Tagesspiegel*. von-marschall@tagesspiegel.de

GADI TAUB, geb. 1965, Historiker und Publizist, lehrt Public Policy an der Hebräischen Universität in Jerusalem. – Der Beitrag ist in *The Forward* vom 4. März 2005 erschienen.

ANDREAS KRAUSE, geb. 1963, Journalist. 1999 ist erschienen *Scapa Flow. Die Selbstversenkung der wilhelminischen Flotte*. a_krause@gmx.net

ULRIKE ACKERMANN, geb. 1957, Sozialwissenschaftlerin und Autorin. Zuletzt sind erschienen *Sündenfall der Intellektuellen* (2000) und *Versuchung Europa* (2003, Herausgeberin). www.ulrike-ackermann.de

HANS-PETER MÜLLER, geb. 1951, Professor für Allgemeine Soziologie an der Humboldt-Universität zu Berlin. 2003 ist erschienen *Hauptwerke der Ungleichheitsforschung* (Mitherausgeber). hpmueller@sowi.hu-berlin.de

HELMUT NIEMEYER, geb. 1931.

IRIS HANIKA, geb. 1962, Autorin. Zuletzt sind erschienen *Das Loch im Brot. Chronik* (2003) und *Musik für Flughäfen. Kurze Texte* (2005).www.iris-hanika.de

Im nächsten Heft:

Walter Laqueur
Supermacht Europa?

Michael Zeller
Meine bosnische Reise zehn Jahre nach dem Krieg

Elisabeth Binder
Heimatträumen. Die Ausgewanderten in Gottfried Kellers Werk

Claudia Schmölders
Das Buch als Pathosformel. Zur Gefühlsgeschichte der Bibliothek

Bezugsbedingungen: Der Merkur erscheint monatlich, im Sept./Okt. als Doppelheft. Die Zeitschrift kann durch jede Buchhandlung oder unmittelbar vom Verlag bezogen werden. Preis des Einzelheftes EUR 10 (D) / sFr 18,40; des Doppelheftes EUR 18 (D) / sFr 32,40; im Abonnement jährlich EUR 98 (D) / sFr 163; für Studenten gegen Vorlage einer Bescheinigung EUR 72 (D) / sFr 120. Private Abonnenten, die direkt über den Verlag beziehen, erhalten bei Nachbestellung jedes lieferbare Heft zum anteiligen Abo- bzw. Abovorzugspreis. – Falls die Lieferadresse von der Rechnungsadresse abweicht, fallen zusätzliche Kosten von EUR 0,35 (D) je Heft und Lieferung an. Der Abonnementpreis ist jährlich im voraus fällig (bitte die Rechnung abwarten). Gerät der Kunde mit der Bezahlung einer Rechnung in Verzug, so werden damit alle unsere noch offenstehenden Rechnungen sofort fällig. Gerichtsstand ist Stuttgart. Alle genannten Preise enthalten die zum Zeitpunkt des Kaufs gültige Mehrwertsteuer. In Drittländern (außerhalb der EU) gelten die angegebenen Preise netto; alle Preise jeweils zuzüglich Versandkosten. Die Kündigung des Abonnements muß spätestens vier Wochen zum Ende des Bezugszeitraums in schriftlicher Form an den Verlag erfolgen. Ansonsten verlängert es sich automatisch um ein Jahr. Die Mindestbezugsdauer beträgt ein Jahr.

Manuskripte: Für unverlangt und ohne Rückporto eingesandte Manuskripte wird keine Gewähr übernommen.

Verlag: J. G. Cotta'sche Buchhandlung Nachfolger GmbH, Postfach 106016, 70049 Stuttgart, Tel. 0711/6672-0
Anzeigenverwaltung: Friederike Kamann, Tel. 0711/6672-1225, Fax -2032. Gültig ist die Anzeigen-Preisliste Nr. 19 vom 1. 1. 2004. Verantwortlich für den Anzeigenteil: Rainer Just.
Abonnementverwaltung: Friederike Kamann, Tel. 0711/6672-1225 (bitte Kundennummer angeben); Thomas Kleffner, Klett-Cotta, Zeitschriften, Rotebühlstr. 77, 70178 Stuttgart, Tel. 0711/6672-1648, Fax -2032, e-mail: th.kleffner@klett-cotta.de
Satz: TypoScript, Waldorf & Deiser, München. Druck und Einband: Ludwig Auer, Donauwörth.
Redaktionsschluß: 6. 6. 2005
ISSN 0026-0096 NC N NCA